四大名捕斗将军 少年铁手

◎著 温瑞安 作家出版社

第贰卷

目录 · 第贰卷

· 第叁部　三角演义

他累，他怕，他运气不好，他怀才不遇，他为小人所妒，他有心无力……当我们听至这些话的时候，便会了解，他真正的问题是：他没有勇气去面对和反省自己，其实只想逃避。

【第壹章】

追伤人

第壹回

狗咬狗
的那只狗

——真理岂不是常在失去它的时候才显得特别正确的吗？

"就这样，"铁手带着苦味地说，"本来是为了'金梅瓶'，后来是为了'大快人参'，先是跟梁癫、蔡狂大打出手，然后又与唐仇、燕赵、赵好斗了几场，伤了一身，事倒未成，真是惭愧。"

这时候，他们已回到"危城"苏秋坊那儿，铁手已运聚神功，把内伤暂时逼住，再运气调息，由追命护法，功力已恢复大半；然后又以绝世雄浑的神功，把五脏以玄思冥想之法，打开天目，将八卦藏象与五脏运息相结合，并将其气透出体外，与宇宙五行星曜相互补引，添元得力，再收纳回身内，净意欲念，归息调元，使得内创亦复元了七七八八——这等奇功却使阿里、二转子、侬指乙、梁取我、小刀、马尔、寇梁、唐小鸟、李镜花、老点子、张书生（这人率众赴京上书，结果中途遭大将军派人劫杀，以致血洗老渠乡，他死里逃生，与残部逃到京城，千苦万辛，跪求七天，但上书未动天闻，无人予以接见，反而给棒打出门，折辱当堂。张书生今番逃得性命，潜回危城，已发誓不再屈膝卑颜，叩头乞求，只图纠众起事，奋发自强，决意抛却儒巾气，拔侠刀抗魔，这还实际些！）等人，为之大开眼界。

铁手有这等神功，有两个人全不诧异。

他当然就是追命。

还有冷血。

铁手以惊世浑厚的内功为自己疗伤之际，追命也正为小骨、小鸟、小相公下药治伤，而且幸好还有苏秋坊在旁协助驱毒敷创。

凤姑与铁手分道扬镳之际，曾给了铁手三片"大快人参"惨绿的叶子。

铁手见"大快人参"只剩下四张叶子，坚不肯取。

凤姑当时便以李镜花的脸色苍白为由，劝他收下："……万一路上小相公身上的毒性又发作起来，有这样的灵物防身，那就方便多了……铁二爷行侠江湖，转战天下，这种千年难得、百年罕见的药物，二爷还是收下的好——"

"何况，"凤姑坚决要铁手拿去这三片神奇的叶子，"我看，杜会主也是这个意思，铁爷又何必拒人美意于千里之外呢？"

幸好铁手没有拒绝到底。

——因为他也听说了：惊怖大将军已促使师爷苏花公，请动了"老字号"的温辣子，还有四名温家用毒高手赶来对付追命和冷血及一干为民请命的书生。

——这大快人参的叶子，可能会用得着！

没想到，马上就派上了用场！

冷血为疗伤、调息、治病、驱毒的人护法——虽然他自己的伤亦仍未彻底好转。

不过这个人确然就像是铁打的。

他几乎每一次对敌，都遇上强敌。

每一战都几乎负伤。

而且有多次都伤重几死。

但他死不了。

他几乎已视伤为乐—— 一如有许多人视苦如乐一般：习武，是最苦的了，拉筋劈腿、拿顶倒立、打坐练气、举锁插砂，无一不苦，但若能以这些苦为乐趣，就会练出高明武艺来。就算初习乐器时也一样，多是呕哑嘈呜难为听，但一旦熟习了，以难听为出发，终可以练出动听的来。冷血的情形就是这样子。

伤——已成了他的乐趣。

负伤：是他的"家常便饭"。

追命就曾这样调笑过他："你真是报应。"

冷血随意地问："什么？"

追命打趣地道："你下辈子一定是能治百伤、以外创药治人无数的大夫。"

冷血这倒愕然："为什么会是大夫？"

"因为你这辈子负伤无数，但偏偏都可以活下来，冥冥中一定有数，想你后世必为治疗伤者不可胜数，今世只是来世的果。"追命笑嘻嘻地道，"你真是个打不死的捕快。"

"可惜我的心却不如我的身体强悍。"冷血无奈地说，顺便也认真地追问了一句："为什么会是来世？按轮回说，前世恶行今世报，反之亦然。为啥我今世负伤累累，却成了来生活人无算？"

追命道："轮回说总是认为今生所受果乃前世所作因，这样说来，前世作恶，便今生受苦；今生为善，都要等来世才有好报。可惜的是，有没有前生？我们不知。有没有来世？我们也不肯定，世人有作三世书者，实在是术数中最令人无法置信的一种：既然前生后世发生的事，却不知是否准确应验，看来作什么？不如净看今生还踏实些！这种说法太可悲了。不管你今生做了什么，都只是前世的影子和报应，已无可挽回了。而今世无论做了什么好事，都不知有无来世的善报，作来做甚？不如我这说法：我相信先有来世，然后影响今生；正如我们活着的时候，多做点好事，反过来影响前世，这样较可以把握自己的命运，既积极，想法也舒坦多了。"

二转子是个反驳高手，听到这儿，忍不住便说："这样也不过是故意倒反来说而已，岂不强词夺理？"

"人会怎么做，完全就看他是怎么去想。人的成就有多高，就看他是怎样想自己。人能做什么事，也是由想法决定。"追命道，"就算这是倒反来说，但未必不是真道理——真理岂不是常在失去它的时候才显得特别正确的吗？只要这种想法，可以使我们做事进取、主动掌握自己好的方向前进，那就别管它反不反了；有时候，强辞也不一定是夺理，它本来就理直气壮地逼近真理而已！"

阿里拍拍小平头，嘿声道："你真不愧是个喝酒的捕快。"

自从阿里全家几乎都丧命在"久必见亭"后，他已很久不言不语不笑了。

近日，他的心绪才略为平复了一些。

那是因为他结识了一个人。

一个女子。

——那是他的一个秘密，他答应过决不说出来的。

追命对他的说法倒是好奇，笑问："何有此说？我今天还没喝酒哪！"

阿里道："你连没喝酒的时候讲的也是醉话。"

追命倒不引以为忤："有些醉话说得倒很清醒——我只是一个游戏人间的捕快而已。"

冷血负责医治唐小鸟。

因为他是个"受伤专家"。

久病能自医。

——唐小鸟本来善于用毒，但她对付的是雷大弓和狗道人，这两个人实在是太了解她的施毒之法了，正如她也一样深悉这两人的卑鄙手段一样。到头来，她虽奋战负伤，但由于猝然发难在先，狗道人和雷大弓也一样负伤不轻。

虽伤，但绝不致命。

冷血把诸葛先生"延命菊"金创药，糅合他自己创研的伤药"忍春花"，合成了一种治伤神效的药——"骨肉茶"，不管煎煮内服还是碾碎外敷，都极具疗效。

唐小鸟很快便清醒过来。

伤势也以极快的速度好转。

醒过来之后的唐小鸟，却对她面前的人（所有人，除了小骨）都很防范。

她不是属于这一伙人的。

她天生就不是。

她是杀手。

——杀手天生就应该是孤独的。

也活该孤独的。

——不孤独的杀手不会是好杀手。

因为杀人的目的是把人推向最孤寂的所在之手段，所以绝对是件孤独的事，而进行这种事的人也一定是个孤独的人；不孤独，只有为人所杀。

她没有期待。

没有寄望。

更没有理想。

她救小骨，更完全不是为了真理慈悲正义，她出手救小骨完全只为了要救小骨。

她不能让他死。

因为她喜欢小骨，所以她就留在"大连盟"里，为大将军效力，也好接近小骨：她可不管自己是不是一厢情愿，更不会理会小骨是不是也喜欢自己，甚至也不问小骨是否知道自己的心意。

不需要。

在一贯杀人而无须问情由的女子而言，爱人，乃至救人，也不必问缘由。

她已是破败之身。

她不要求别人也爱她。

——别人爱她，她反而苦，她可不想为什么人而洁身自好——自律太辛苦。

她只要爱人就好，且不管对方是不是值得她去爱。

她不是背叛大将军。

因为没有什么人值得她去背叛。

她只是要救小骨。

——所以，清醒后的唐小鸟，像一个正给人绘像悬红下令追杀的人不小心走入杀手群中一样，反应只有：防卫、防范、防。

鬼打鬼的那只鬼

任何人在攻击别人的时候都会有破绽让人反攻。

追命负责救治小骨。

小骨只给唐仇的暗器掠过，并没有着实打中，所以情况并不严重。

追命用了一小片"大快人参"的参叶，已将之救醒。

但主治李镜花的苏秋坊却发出了警告：

"叫他洗澡。"

"？"

这吩咐没道理。

小骨嗅嗅自己的衣衫，还不算臭。

"还不去冲个凉！"

苏秋坊却皱着乱水似的额纹怒叱了。

追命也不明所以。

"洗澡？"

"去！"苏秋坊啐道，"你们以为唐仇的毒有这么好对付？毒是解了，但没消。这'四大皆凶'，人人都凶，既下了毒，就是极毒！快去井边冲冲身子，快，迟了毒性又得复发！"

小骨不敢不去。

——读书人总比普通人知道得多。

苏秋坊是读书人。

而且还是很有名的读书人。

他的话使这些讲理的江湖人不敢不听（不讲理的江湖人根本就不容读书人说话，而读书人也不爱把道理说给那种人听）。

所以小骨便去井边洗澡。

他哗啦啦地照头淋上了几桶水。

水本来是清的。

到地上已成了黑色。

因为经过了他的身体。

水流过他身体肌肤时，他有一种极为舒爽、如同身心脱落的感觉。

——唐仇的毒真的是这样的毒，没经水这一冲，还未能真个明白奇毒缠身的醒踯感觉。

小骨冲好了凉，不禁、不意、不经意地往井中望了一眼。

井中有人，亦向上望来。

那当然是他自己，只在恍惚间以为井中还有一个人。

只是小骨忽觉有些儿陌生。

他一怔走开。

忽而，他又回头。

——那真的是他自己吗？

如果井里真的是自己，按照道理，对反的互映，那人亦应往下（井底）望去才是，怎么会反而往上望来呢？

小骨俯井再看：

井里确是有人。

——确是小骨自己，正往井底望去，没有异样。

小骨怔忡间，以为刚才自己只是错觉。

他恋恋不舍，又往井里望去，不意竟不小心把水桶拨落井中，一时水花四溅，小骨也碎裂成无数个残影。

他依稀觉得，井内似有一无位真人，正要与自我相会，但又未得啐啄之机。室所在近，只要更进一步；但人在竿头，何从进退？

噫！

小骨也在水井旁一时迷茫住了，好像想到了什么，又好似忘掉了什么。

苏秋坊为李镜花祛毒。

——三人中，以李镜花的"毒伤"最为严重。

她刚着了唐仇之毒，才因赵好以"大快人参"救治下醒了过来，却又给唐仇再次暗中下毒，要不是唐仇因不欲毒性即时发作而引致赵好向自己施辣手，尽量把毒力减至最轻，李镜花这毒力可真不易去除。

而今仍能毒气尽去，主要是因为：

——用了几乎是一整张的"大快人参"叶子。

——苏秋坊在。

苏秋坊是位书生，看来武功也并不如何，可是解毒、解穴、解奇门杂阵、活结死结的方法却是一流的。

简直是一流一的。

他花了相当不少的时间与心力，为小相公解除毒性。

追命对苏秋坊也很好奇。

他慢慢发觉苏秋坊有一种很奇特的性情：

他喜欢"解"——

解开一切"结"。

——包括学理的、医药的、情感的，还是神秘的、权威的、习俗的。

他对"毒"似很有"研究"。

他用大半张参叶，解了李镜花身上之毒，嘱李镜花道："你到屋后，往东南行，三十丈外，有一条小溪，叫映溪。你去把身子浸一浸。"

小刀生怕小镜不便:"不如也到院子里打几桶水,带到澡堂里冲洗好了。"

"不可以。"苏秋坊斩钉截铁地道,"各位乡亲父老叔伯兄弟姊妹,要知道她不是小骨,只受暗器擦及发际治毒。她先着了'三毛',又中了'冰',要尽去毒,一定要浸一趟活水。"

于是李镜花在苏夫人和凌小刀的陪同下,去后面的溪里浸了一阵子。

结果:

溪上结了一层薄冰。

后果:

下游有不少鱼翻了肚子,浮了上来,给毒死了。

小相公这才算复原。

真正恢复原状的复元。

群雄议事,商量大局:

追命:"我想,要对付惊怖大将军,首先得要争取于一鞭。'大道如天,各行一边'的于一鞭,是天子门生,权重威猛,是个极难对付的人物。如果他不支持凌落石,只要不肯发兵助他,凌惊怖则顶多只剩下'天朝门''大连盟''暴行族''万劫门''四大凶徒''妙手班门''三十星霜'等的武林势力,我们就不必跟他军队里的实力硬碰了。"

张书生:"你想先孤立大将军?"

追命:"你若要对付一群人,一股势力,一是先要使他内部腐败，二是要把主要敌人先行孤立起来。如此便可不战而胜。凌落石是太可怕的敌人，他精明、残狠、武功高，且握有重权，还能保持清醒，对付他会很吃力，倒不如先行让他们鬼打鬼！"

张书生："那我们岂不是变成了他们鬼打鬼之间的那只真正的鬼！？"

冷血："我主张直接的方法。"

张书生："你且说来听听。"

冷血注目向小刀和小骨。

他不知怎么说才好。

小刀忧伤地道："你想杀我爹爹？"

冷血点头。

张书生："用什么方法？"

冷血："直接过去，杀他，可免多伤无辜。"

张书生："大将军扈从如云，你怎么接近他？"

冷血："我等。他总有松弛的时候。"

张书生："他这样子的人，难有疏忽，你等到什么时候？"

冷血："人总会有疏失，而且，他迟早也会憋不下去。"

张书生："憋不住什么？"

冷血："憋不住要先行袭击我们。"

张书生："你等他出击时才作反击？"

冷血："任何人在攻击别人的时候都会有破绽让人反攻。"

张书生："可是这样你恐怕要等很久，日子过得愈久，大将军害人愈多，这样等待反而死的人多。"

冷血："那只好不等了，谁阻我杀他，我便先杀谁。"

张书生："这样死的人恐怕也就更多了。"

冷血："反正是这样了，我就先把大将军手下的走狗逐一剪除，杀了再说。"

张书生望向铁手。

铁手："我听过你们的转述，那魔头既连儿子都忍心杀害，当今之计，应该先去保护凌夫人才是。"

小刀动容："对。"

小骨即道："我去。"

铁手："你不能去！"

小骨："为什么？"

问出口之后，他已明白，当即垂下了头，绞扭着手指。

小刀："那我先回去。"

冷血："大将军已濒疯狂，你去也不安全。"

小刀急了，"但谁去救我娘亲？"

苏秋坊忽道："张判这个人也很不简单，有他在，也许能护得住你母亲。如果此人协助，救出凌夫人之事便应可行。"

铁手："大将军有四大凶徒鼎力协助，我们很难解决他的，除非是先解决燕赵、屠晚、唐仇、赵好四人。"

梁取我："对！"

他一家子都在重逢之夜尽丧屠晚手中，所以非常激动。

张书生："你可有办法解决他们四人？"

铁手："我没有。"

张书生听出他话里的未尽之意：

"谁有？"

"无情。"

铁手回答。

第叁回　煮狗论英雄

"四大名捕"有一个共同的看法：

就算自己是在执行公事，铲除恶人，消灭歹徒，但也不可以说杀就杀、要杀就杀、想杀就杀。——他们的任务是缉拿匪徒，而不是杀人。

第三回

众人大喜过望，都问：

"无情会来吗？"

冷血望望追命，追命看看铁手，铁手瞄瞄冷血。

冷血先说："我大师兄他要是来了，正好四对四，一对一，我等他来。"

追命却道："要是他来了，神侯府里谁人护着世叔？而今朝中魑魅魍魉，暗中伺伏，大师哥行动不便，一动不如一静。"

铁手才道："大师兄也知道'四大凶徒'襄助大将军一事。我离京师之时，师哥仍在世叔身边，我也不知道他会不会来。"

众人都有些失望。

大家都希望无情能来——无情的名头实在太响亮了，何况又是一个双腿有残疾的年轻人，大家都想看看他的庐山真面目，瞧瞧他的身手如何。

冷血道："不管怎么说，我们都不该依靠大师兄。这件事，我们的人手已够多了，不该再依仗援军外力来解决。"

追命道："正是。我还是去说服于一鞭吧，他是我们兵家必争之子。"

冷血道："我陪小刀去把凌夫人接过来。"

追命道："你不便去。这些日子以来一闹，谁都认识你。危城里只要是大将军的人，谁都对付你。虽然现在有梁老哥为你作证，小相公亦可为证，你非'久必见亭'灭门惨祸凶手，但你要去护凌夫人，容易打草惊蛇，说不定反而使人面兽心的凌落石会对他夫人下毒手。"

冷血道："可是……你也不便去，你的身份已当众揭露，'朝天山庄'里谁都知道你就是追命。"

铁手道:"你们都不便去,我去。"

冷血:"你去……?"

追命:"说的也是。一、铁师哥还未与大将军直接朝过相。二、铁师哥也未跟大连盟的人扯破脸,以他名捕身份,也好周旋。三、师兄行事稳重,又是生面,比较方便。"

冷血依然争持:"可是二师哥的伤太重……"

铁手微笑道:"四师弟你的伤说来也没好全。"

追命呵呵笑道:"其实我们几个都是不怕受伤的。受伤有时正像受到挫折一样,反而可以刺激我们大死一番而后活,更加拼命。你们两人,一个可在负伤中愈伤,一个能在搏斗中复元,这伤可怕了你们!"

冷血很有点急。

小刀脸红红的,望向小骨。

小骨握紧拳头,垂头丧气。

追命忽然明白了。

他在铁手耳边轻声笑说了几句话,铁手也不住点头。

然后他望望冷血。

又看看小刀。

这张本来挺方正、俊朗沉实的脸孔,忽然咧嘴、笑了。

"这样好不好?"铁手温和地道,"我和三师弟,分头行事。三师弟试着去说服于一鞭。我则到'朝天山庄'请出凌夫人,由小刀、小骨和冷血在较安全的地方相候,到时才劝服她弃暗投明,总比我这张拙口胜任多了。"

"对对对,"追命也附和说,"四师弟和小刀、小骨跟凌夫人都有特别的感情，凌夫人也是女中豪杰，只要不在凌大将军身边，我们也就不那么投鼠忌器了。"

小刀很高兴，忍不住去看冷血。

冷血刚好也在看小刀。

两人对视了一眼。

四目交投，好像瞬息间的缠绵。

——那是一种眼色交流的惊艳。

很快。

不留痕。

只在心里泛起涟漪：

（啊，这个人，我曾为他而受辱，而他曾在我受辱的时候救过我，啊，这个汉子……）

（哦，这女子，她曾为我受辱，我曾眼看她受辱，哦，这女子——）

这样想的时候，也不知怎的，因为同经历了那一幕，两人都很有一种亲昵而秘密的甜蜜，漾上心头，连同惭愧与娇羞。

追命却注意到了小骨的神情。

小骨的魂魄就像不在自己身上似的。

他也发现了唐小鸟的神情。

她望小骨的眼神，就好像看到了自己的魂魄附在那儿似的。

追命心里不禁暗暗叹息。

他想起一首歌。

一朵花。

一个人。

一首熟悉的歌。

一种会转色的花。

一个叫小透的姑娘。

张书生忽然问小骨："你还当凌落石是不是你亲爹？"

小骨握紧了拳头，半晌才道："亲爹会杀儿子的吗？"

"会。"苏秋坊回答得斩钉断刃一般的爽利，"历代君王帝后，杀的不少是亲子亲属！"

小骨惨笑道："反正，他也不当我是他的孩子。"

张书生再问："如果你遇上他，你会怎么办？"

小骨没精打采地道："我避开他……反正，我是怕了他。"

张书生又问："如果他对付你娘亲呢？"

小骨心乱如麻："他会对付娘？……你说，他会怎么对待她？"

苏秋坊忽道："譬如杀了她。"

小骨骇然道："不会的，不会的……！"

张书生叱道："如果会呢？"

小骨仍不敢面对："不会的……"

张书生："他敢杀子，他会不敢杀妻？有一种人，谁碍着他前路，他就会清除一切障碍。"

小骨惨然道："我……我能做什么？我不是爹的对手，我有心无力，我——太累了。"

铁手道："小骨，你还年轻力壮，就算不依仗父荫，也大可顶天立地地干出一番事业来，实不必如此失望。"

小骨彷徨地道："……我凭什么去闯江湖？我一向没有运气，

连猫猫……她也死了，这世间怀才尚且不遇，何况是我这无才无德的人！我在'大连盟'和'天朝门'，就很不得爹……大将军的欢心，爹身边的人不是对我阿谀奉迎就是说假话，不然就当看不见我这个人。我没有朋友，常受小人所妒，我这般没人缘，怎么闯这波涛万重浪、风险万重山的江湖呢！"

唐小鸟忽然冷叱道："你能够的，你有才干，你也有朋友的。"她的声音很低沉，但说来连沙带哑都是沉潜力量。

张书生和苏秋坊对看了一眼。

张书生蔑然地说："大家都听到了？有些人说他累，他怕，他运气不好，他怀才不遇，他为小人所妒，他有心无力——"

苏秋坊接道："当我们听到这些话的时候，大可明白，他真正的问题只在：没有勇气去面对和反省自己，一味想逃避而已！逃避，问题会更大，能逃到几时？逃得一时逃不了一世！面对，自己比问题更大，就算面对屡战屡败，也还可以屡败屡战，面对得了这次，就可以面对全部！你这样软弱，怎么为'不死神龙'冷悔善报此血海深仇！？"

小骨低下了头。

抽搐。

竟还哭了起来。

"我不要报仇，我不要报仇！"小骨竟呜咽道，"我本来就不认识冷悔……冷老盟主……他……无论怎么说，他都是养我育我的爹爹啊！"

张书生长叹。

"想当年，冷老盟主掌权之际，何等英雄，何等风光，善待百姓，善抱不平，而今，难得有一脉香灯承传，却是这脓包如此不长进！"张书生悔恨地道，"冷老盟主啊冷老盟主，到此为止，你的心也该真的冷冰了吧？也该真的悔恨当日何必行善了？不死神龙，不死神龙，如今如此，当是神龙也都心死了呀！"

小骨全身都颤抖。

小刀忙去劝解他。

她瞥见小鸟脚步一动，想过来又止住，于是她扯扯唐小鸟的手央道："小鸟姊，你也来劝劝。"

唐小鸟这才过去，但一句话也说不出来。

叫她去诱惑人，可以。

教她去对付人，容易。

要她去杀人，也轻而易举。

——但劝人，尤其劝一个这样心爱的人，却不知从何下手（开口）是好。

铁手忙向张书生道："人各有志，不能相强，小骨兄弟能不记前仇，化解上一代恩怨，不以冤冤相报，这点反而是难得可贵的情操，在武林腥风血雨睚眦必报，称得上是仁心仁风，反教我等惭愧了。"

张书生本来苦通儒学，为人敦厚，但自纠众上书无效，反而连累乡民惨死，加上赴京受尽屈辱后，深知哑忍容让只有助纣更恣，故而一反常态，行事狠辣，手段激烈，所以才屡屡出言质问小骨，并对他的软弱态度加以讽嘲。

他因受过恕人厚道反招祸之苦，才选择了以牙还牙、血债血偿——他恨小骨的柔弱无定，其实骂的也是当日自己。

而今，见小骨濒近崩溃，也自觉用语太重，当然也不为已甚。

所以他把话题一转，道："我看，正邪对决是迟早不可免。除非邪派有一股内部扳正廓清的力量，不然的话，道消魔长还是魔消道长，终究都得要有分晓！要铲除大将军，他的几名得力走狗，是务必先行歼灭的。"

苏秋坊呷了一口酒，道："说得对。咱们姑且列举几个对大将军最忠心也最不好对付的走狗，其中'万劫门'门主'慑青'是个幽魂式的人物，不好对付。"

寇梁也极熟悉大将军身边有些什么非凡人物，于是道："'暴行族'的三名族主：陈大胆、何二胆和文三胆，都很难缠。"

马尔也是大将军的手下，自然也深明"大连盟"组织内的好手，所以说："我看这次足智多谋的师爷苏花公，赶赴'老字号'请救兵，温辣子这几人的毒比起唐仇来，又别开生面、另具一格，这才难防呢！"

唐小鸟只说："最可怕的是'朝天山庄'的庄主'阴司'杨奸，他的'痰盂一出、谁敢不从''咳吐一声，谁与争锋'才是大将军除了大笑姑婆、尚大师和上太师外的第一高手。"

唐小鸟是大将军麾下的杀手。

她对抗狗道人和雷大弓，为的是救小骨，她从无意要背叛凌大将军。

——所以她也不知道杨奸其实是诸葛先生派去的卧底。

其实这一点，很多人都不知道。

追命和阿里、二转子、侬指乙更不会说。

——因为对一个简直是把性命卖给他任务的"卧底"而言，愈少人知道他真正的身份，对他而言是愈安全。

张书生则道："惊怖大将军还有一股在外的势力，那是'巧手班家'。班家大家长班乃信是个非同小可的人物，他要是过来为大将军助拳，咱们要对付班家的人，就得费去泰半力气，'班门五虎'传说死于追命三爷之手，这仇已结深了，为了面子和报仇，班乃信也有可能来蹚这一趟浑水。"

——班星、班青、班花、班红、班虎本来就不是追命杀的。

"四大名捕"有一个共同的看法：

就算自己是在执行公事，铲除恶人，消灭歹徒，但也不可以说杀就杀、要杀就杀、想杀就杀。

——他们的任务是缉拿匪徒，而不是杀人。

虽然他们身怀"平乱玦"，可先斩不奏，但不到万不得已，他们都不愿杀人。

不过，对这一观念的执持，他四人虽有大同，但也持小异。

冷血年少气盛。他认为对付十恶不赦的歹徒，杀，是在所难免的。杀人，有时候不止是过瘾，还是一种艺术。

追命老于世故。他觉得严肃的事情也大可轻松来做，就算是对付天理难容的凶徒，也不必多开杀孽。

——能不杀就不杀。

铁手为人刚正。他勇于负责，曾以一人独追缉十八名辣手悍匪于十万大山，并也以独力押送十八恶煞返京，沿途击退来营救及杀害这十八悍徒的人。他一向"秉公行事"，只求自己能做到公正廉明四字。

——杀是不能解决问题的。

无情没有办法。他不喜欢杀人。他知道不该多造杀孽，他也不认为杀戮能解决问题。但他还是毫不容情地杀。

——因为他不能控制自己：他身罹残疾，偏又常遇上怙恶不悛的穷凶极恶之辈，而且他又不能收回他发出的暗器。

追命心知"班门五虎"是谁杀的。

但他不能说出来。

——"班门五虎"一死，大将军手上的"金、木、水、火、土"五盟几乎已全部瓦解。

可是这却与"巧手班家"结下深仇。

——可见，"杀"是真的不能解决问题的。

以杀戮使人惧，能惧得几时？有朝一日杀不了，敌人反扑，则一定以杀还治其身，到时才不管他是否有能力掀起神州巨变，可以诬人爱国有罪，就算能够杀人灭口，纵使不惜血洗长安，至多只吓怕了人，但折服不了心志；最多换来一时勇退：算你狠，任你狂，却来跟你只比谁耐久；有朝一日，有机可乘，又来动他的乱，镇他的压，才不怕秋前算账，秋后要命！

追命眼中的凌落石，也不外如是。

但不能任由如斯。

——因为百姓不是刍狗！

——中华精英不能再断丧。

追命别的事向以闲视之，游戏人间，心明活杀，且不管云在青天水在瓶，他都以一念即万世万年即一念对待。

但在大关大节上，他却不可等闲相视。

所以他道："看来，对付凌落石一事，还是宜从速进行。别的不说，单是蔡京自京师遣人下来翼助之，便已多生枝节、多惹是非、多结仇怨了。"

苏秋坊这才漫声道："各位父老叔伯兄弟姊妹，咱们这番煮狗论英雄，就看是先屠哪一只走狗，宰哪一只鹰犬。打击敌人，要一气呵成，尤其像蔡京一党的人，是决不能手软，一旦容让他们翻身，人民百姓便都翻不了身了。这儿，我向三位请了——"

说着，他向铁手长揖。

铁手慌忙让开。

"怎么——？"

他又向追命深揖。

追命也忙不迭起身。

"这是——！"

再向冷血作揖。

冷血已有准备，闪过一旁：

"不可。"

"我就拜托三位，为民除害；"苏秋坊拱手稽首，泪已盈眶，神情庄重，语重深长，"咱们二十万儒士，上京进谏，却落得横尸遍野的下场。二十万哪吒，冒死上书，却只削骨还父，削肉还母，甚至还不能上动天听。现时当世，败坏腐化到这个地步，已民不聊生，活不如死了。物必先腐而后虫生，要救国救民，必先剜除腐肉，壮士断臂！三位，凌落石和他的走狗党羽，罪不容道，不必仁慈，请下杀手吧！我代天下万民，在此同请三位诛恶除奸，万毋枉纵！"

第肆回 否定的大刀

　　我们要是爱这个国家，这个民族，就得有牺牲奉献的精神，但我们不强迫别人也这样做。没道理一定要人家牺牲奉献而自己却坐享其成的，纵然国家民族爱恋自由亦如是。

他们分头进行。

铁手赴"朝天山庄"，设法联络杨奸，引出凌夫人，会合守在"四分半坛"的冷血、小刀、小骨。

马尔、寇梁则飞骑赶赴"泪眼山"的"七分半楼"，打探燕鹤二盟和青花会的情形安危，以及弄清楚"天机组"的哈三佛、袁天王、艳芳大师动向如何。

追命则独赴"落山矶"，试图弄清楚"大道如天"于一鞭的立场和实力。

以苏秋坊、张书生为首的民兵义军，全聚集在"永远饭店"，除了要保住元气、保持实力之外，还要保护惊怖大将军恨得牙嘶嘶志在必得的："斩妖廿八"梁取我，"小相公"李镜花、唐小鸟这些人。

他们已准备对抗到底。

不惜血流成河。

铁手和冷血在"四分半坛"分手。

——"四分半坛"本来是在金河大道一带一个中型的帮会，正副坛主本是一对兄弟，老大叫"震三界"陈安慰，老二叫"战八方"陈放心，都是人才，本在武林可有一番大作为，但因不肯附从屈伏于大将军，给凌落石派人一夜间铲平，陈安慰、陈放心兄弟从此也在江湖上消失了。

"四分半坛"给一把火烧个精光。

在残垣废墟中，有野雀在墙头筑巢，忙碌回翔不已。

路上，铁手和冷血并辔行在前面，觑得机会，铁手便向冷血剀切地表明自己观察所得：

"四弟，你看，秋天将近，叶子落得也密了。"

冷血也有点唏嘘："我也好久没回到京城拜会世叔了。"

"这些鸟儿匆忙衔泥啄草的，为的是筑好可以御寒抵冷的巢儿。"

冷血苦笑道："看来，鸟儿比我们这些天涯浪迹的人，还能有个温馨的窝儿。"

铁手知道冷血还听不出他的暗示，于是说得更明显一些：

"如果只是雄雀去衔泥筑巢，那太累了，可它们是出双入对，雌雄一道分工合作，你听它们的鸣叫，想必是十分愉快的了。"

冷血静了下来。

好一会儿，他才扬眉喜道："恭喜二师哥。"

铁手怔了怔。

"何喜之有？"

"想必是师哥有了心上人，"冷血眼里闪动着聪敏和奋亢的光芒，"我快有二师嫂了。"

铁手一时愣成了八时。

这次，轮到他老半晌才道："不是，我不是说我。"

"不是你？"冷血大诧："是谁？"

然后他恍然大悟地道："哦，我知道了：是三师哥！"

"啐！"铁手只好道破："我是说你。你和小刀姑娘天生一对，我看她对你也挺有意思的，听说你们两人在四房山为你治毒的路上还共过患难，相依为命，她的人品我和老三都认为顶好的，看来你对她也很有意思——就不知道她明不明白你的意思？"

冷血脸红了。

"你别不好意思，"铁手道，"婚姻大事，全看缘字，一旦红鸾星动，瞬纵即逝，再不把握，后会无期。可别像我和老三那样，准不成七老八十还是死充乐哈哈的，其实只是个孤枕寒衾的自了汉！"

冷血老半天才嗫嚅道："不行啊，我有什么条件跟人家千金小姐谈婚论嫁……"

"有什么不可以！"

铁手几乎叫了起来。

冷血连忙"嘘"了一声，急得脸更红了，几乎没用手捂住铁手的嘴巴。

"我的四师弟可是出色人才，难逢难得呀！"铁手为他两口子闹得兴兴奋奋的，"小刀姑娘也是人间绝色，并且贤良淑德，与你正好匹配。"

冷血已忍不住流露了喜难自禁之色，但仍喟叹道："我们天天冒风冒霜，抵寒抵饿，见刀见血，找路找宿的，怎能连累人家好姑娘……"

铁手却不以为然："就算是墙上野雀，也是一道觅食育子啊，要是你们真的情投意合，挨苦受饥，也是甜在心里的。你要好媳妇儿，就得自己努力争取呀，否则，走了宝就别跳脚吊脖子的了！"

"娶媳妇这么好，"冷血故意找他话里的碴儿，"二师兄你又不讨一个回来？"

铁手笑了。

苦笑。

"别看你平时寡言，一旦说起话来，嘴巴可刁利得很呢。"铁手拍拍他肩膀笑道，"我的情形跟你不同，我可不像你少年偶傥，这些年来，时局多变，世道维艰，我得幸常侍随世叔为朝廷效力，为百姓请命，对个人感情，早扔在一旁，也习以为常了。"

冷血浓眉一剔，笑道："师兄也得为自己终身大事着想才是。国事虽然要紧，可是没有自己，哪还有国家？自己都没管好，哪管得了国家大事！"

铁手笑道："师弟这样说话，给人听去传为逸陷，大可判个抄斩满门的！"

冷血道："其实人人不管国事，任由天子朝臣胡闹妄为，也是他们暗里希冀的，却偏偏说什么国家兴亡，匹夫有责！嘿，我看兴则是他们的功，亡则是由你来救！"

铁手道："他们怎么看，是他们的事。我们要是爱这个国家，这个民族，就得有牺牲奉献的精神，但我们不强迫别人也这样做。没道理一定要人家牺牲奉献而自己却坐享其成的，纵然国家民族爱恋自由亦如是。我未娶妻，是缘未至，你缘来了，还不当结须结么！几片落花随水去，一声长笛出云来。花落水面，顺流而去，这就是缘法啊！"

冷血道："二哥岂说无缘！我看小相公李姑娘对你就很——"

铁手马上脸色一沉，截道："别胡说！李姑娘跟大相公李国花才是情投意合，天生一对儿！哪有我的事！"

冷血听了，一阵迷糊，道："不过，小刀姑娘的父亲是凌惊怖，我们又正与大将军为敌，看来这儿女私情——"

铁手想了想，也确然感到此关难以逾越，惊怖大将军就像一口否定的大刀，一刀就狠狠斩在冷血和小刀细细的一线情丝上。

"如果你们真的有情，有缘，"铁手只好这样说了，"那也就不该怕这些旁人的干扰才是。"

"不过，"冷血期期艾艾地道，"我还年轻，出道还浅，这么快就有了家室，我怕我会……我是很倾慕小刀姑娘，但我又不想这么早就束缚了自己，负了平生志。"

"讨了媳妇本来就不见得会失了大志，反而，还可以静下心来，专心致志地做些不汗颜的大事呢！"铁手道，"你的意思我都明白：你不想太早有负累。这点我很了解：少年人总是这般想法，像到我这个年纪，哈哈，就开始后悔……"

这下，他们已来到"四分半坛"一处仍有遮蔽的破屋，看得出来，在未变成一堆灰烬之前，这儿曾经历过的堂皇恢宏，此际，只有些野猫在废墟间争食蛾尸。

他们就在这里分道扬镳，并且约好遇事聚合时的各种暗号。

于是，铁手打马奔赴"朝天山庄"。

他们（铁手、追命和张书生、苏秋坊等）的用意是：

要冷血把话向小骨说明。

——当然也有意造成冷血与小刀有相处的机会。

第伍回

婉拒的小刀

一个人向下沉沦，何等容易，你看这阶梯，滚下去便是了，但要上来，却难，一步一步挣扎往上爬，费尽力气。所以，千万不要让自己随随便便就掉下去。

冷血最希望的，便是跟小刀说话。

不晓得为什么，只要是跟她在一起说话，就很快乐，就很快活了。

——仿佛，每一句话，都是最值得珍惜和值得记取的。

但他又不知道该怎么开始是好。

他甚至不知道该怎样说话。

——先说哪一句呢？

他为了要早些有机会跟小刀说话，所以便快快地把该说的话都告诉小骨。

他跟小骨说话，就自然很自然了。

而且很大方。

直接。

"小骨，你不要气馁，"冷血正坐在一处给大火烧毁了的地窖阶梯边上，"我和你，都曾错以为自己是凌大将军的儿子，但我们其实都不是。凌落石的儿子，给他自己害死了。我们不必背负着这个沉重的虚壳来过一辈子。你是'不死神龙'冷悔善的儿子，他老人家当年叱咤天下，世人景仰，你报不报仇都不打紧，但绝对不要气馁、放弃自己、坏了冷老盟主的威风。一个人向下沉沦，何等容易，你看这阶梯，滚下去便是了，但要上来，却难，一步一步挣扎往上爬，费尽力气。所以，千万不要让自己随随便便就掉下去。"

"我……我从来都不威风。"小骨的语音听来想哭，"我跟你还是不一样的。你的年纪跟我虽然相差不远：但你已是名捕之一，我只是凌大将军的儿子凌小骨。而且，这些年来，我一直都是他的儿子，我不像你，疑惑只一阵，没有那种给连根拔起之苦。"

这时，只闻一阵驼铃响。

清脆好听。

一顶花轿。

凤彩霞帔。

抬轿的人，一前一后，冷血乍看，有点眼熟。

当先一人，彩带华服，背后插了一面绣着金燕滚金边的竖旗，骑马领行，见了冷血，便勒缰问：

"阁下可是姓冷？"

冷血看见此人脸孔狭长，眉宇间有一股傲气、一股郁色。

冷血道："我是姓冷。"

那人道："我姓宋。"

他们这样便算是交换过姓名。

可是接下去发生的事却完全不可理喻：因为那人突然出手。

冷血也马上还手。

——他就像一早已知道那人会向他出手一样！

那人拔旗。

旗上有尖棱。

急刺冷血。

旗帜迎风，霍的一声便张了开来，遮着冷血视线。

饶是冷血已早有防备，也几乎吃了亏。

他拔剑。

拔小骨腰间的剑。

他一剑就自旗帜飞扬之际的空绽处刺去。

那人反而乱了。

因为他得要立即下决定：

他要杀伤冷血，可以。

可是他首先得要中剑。

这不可以。

所以他只有收招。

回旗。

反架。

冷血一剑反击，抢得先机，以他剑势和性子，本可马上反攻，但他却长叹了一声。

他不想再打。

只有一个人了解他长叹的意思。

——小刀。

因为他已知道来的是什么人，以及为何要杀他。

他不想打。

不要打。

但对方却要打。

必须打。

旗又飒地一卷。

旗布又挡着冷血的视线。

对方已拔出另一柄仅有尾指指甲之宽的细剑。

剑锋在旗帜飘扬中急刺冷血。

同一时间，轿中传出了一个娇柔稚嫩的语音，问：

"他这种人，你还跟着他？"

轿内人没有指明这话是跟谁说的。

但小刀知道是在问她。

所以她答："你错了，他不是这种人。"

那语音突然尖锐了起来，且充满了仇忿恨怨："他用那么残酷的手段，追杀一个已满身负伤的人，他还不是这种人！？"

然后她下断论似的道："他是禽兽！"

"他不是的。"小刀坚决地道："你哥哥才是禽兽，你知道他害死了多少人，残杀了无辜的人还有同僚战友，冷捕头才逼不得已杀了他。"

"你过来，"那女子对小刀也鄙薄得懊恼了起来，"我连你这贱女子也杀了。"

小刀一笑。

她的笑是一种婉拒。

非常坚决的婉拒。

第陆回

人不可猫相

　　看这些猫儿表相良善，但它吃起小鸡小鱼小动物来的时候，那个狠馋相，跟老虎没啥两样。

那郁色与傲气共冶于眉宇间的汉子继续向冷血发动攻势。

每刺一剑，旗就一扬。

旗帜遮挡住冷血的视线。

冷血只有退。

他背后就是阶梯。

他接下一招。

　往下退一步。

　　再接得一招。

　　　又往下一步。

　　　　一连接数招。

　　　　一共退数级。

　　　　　汉子从上攻。

　　　　　冷血只退守。

突然，冷血决声叱道："别再攻了，我要还击了。"

汉子不理，依然对冷血下杀手。

　　　　　　冷血不退了。

　　　　　他作出反击。

　　　　敌手反而退。

　　　　冷血攻一剑。

　　　汉子往上退。

　　自下攻上难。

　　由上压下易。

　可是守不住。

扳回了局势。

到这个地步，谁都可以看得来，这汉子是收拾不了冷血的，而冷血也并没有全力迎敌。

那汉子长叹一声。

退开。

他满脸羞惭，向轿里俯首道："爱喜姑娘，我有辱使命，你……就不必如约嫁我了。"

冷血已重上阶梯。

他深吸一口气，问："阁下可是'燕盟'的宋国旗？"

汉子惨然一笑："我只知道你姓冷，但看剑势，如果我猜得不错，你就是近日名动天下的冷血。"

这时，在废墟觅食的野猫喵喵地叫了几声。

"说来，岂止人不可貌相，人也不可猫相。"宋国旗犹有余愤，他似败得服气，但仍对敌人甚为不齿，"阁下看来英气逼人，也真个名震武林，但却只做追杀重伤的人也不放过的事。你看这些猫儿表相良善，但它吃起小鸡小鱼小动物来的时候，那个狠馋相，跟老虎没啥两样。"

只是当他说这番话的时候，猫正咪呜咪呜地叫着，使在旁的小骨神思恍惚，想起了猫猫。

惨死于屠晚之手的猫猫姑娘！

第柒回

你娘亲好吗？

——难道真正的英雄都是难以合流俗的？

——这样孤独、孤僻地活着，岂不痛苦？

冷血平视那顶花轿，道："爱喜姑娘，你兄长之死，罪有应得，我杀他，既无悔，也无愧。我只恨没能早些手刃他，以致酿成死伤太巨，他要是活着，我依样还要杀他。"

小刀跟冷血甚有默契，马上接道："'蔷薇将军'于春童恶事做尽，四房山那晚血流遍地，枉死无数，就是他一个人造成的……"

"我不管。他是我的哥哥，他死了，我一定要为他报仇。何况，"爱喜在轿内执拗得像一块结了千年的冰，"那天，我亲眼看见他受了重伤，可是你们仍不放过他，追他、伤他、害他、杀他——！你们要我不为他报仇，除非先杀了我！"

冷血平声道："我没有理由杀你。"

爱喜即道："那我迟早都杀了你。"

"如果你一定要杀他，"小刀的语调也很坚决，那是一种刀锋般的坚决，"那我就杀了你。"

"你要杀我？"爱喜有一种鄙夷的声调，悠悠地说，"我怕你自身难保。"

小刀目光闪动着刀一般的亮丽，映着她雪意掺和玉色一般的倩靥上："你姑且试试看。"

她连颊上的艳疤都剔起了一股英气。

忽然，在轿内响起了另一个声音。

语音并不苍老。

可是感觉很苍老。

说话的人显然年纪不大。

但说话的方式予人感觉年龄很大。

那人一开口就说："刀姑娘，骨公子，你娘亲好吗？"

一听这语音，两人先是亲切，然后都吃了一惊。

——吃惊是因为这个人。

他们知道他是谁。

之后又吓了一跳。

——吓着是因为那人说的话。

（你娘亲好吗？）

——这样特别问候，岂不是说，这人别有所指！？

那人自轿里钻了出来。

连宋国旗都大感惊奇：

——连他也不知道轿子里除了爱喜之外还有别人！

那人年纪不大。

但予人感觉很老态。

那人说话也没什么。

可是让人觉得很权威。

那人掀帘走了出来，慢条斯理，斯文淡定，不慌不忙，像是来看一场事不关己不关心的戏。

他一出来，就掏出烟杆。

点烟。

直至烟丝红了时，他才眯着眼，眼尾似褶皱的衫角一样，向冷血瞄了一眼，徐徐喷出一口烟圈，才优哉游哉地说：

"冷少侠当然不知道我这个闲人鄙夫，"他把烟杆子往自己臂肘敲了敲，清了清喉咙，有气不带劲地道，"我姓苏，字绿刑，承凌大将军错爱，让我参与幕僚，人赏面大将军，称我一声师爷苏。"

然后他又喷出一口烟，很自我陶醉地说："我就是苏花公。"

稿于一九九一年四月十六至五月二日

完成于一九九一年八月廿四日、廿五晚与倩慧、益华、家和、应钟、雨歌、余铭会于黄金屋十松湖"重出江湖"志庆

校于一九九一年九月十四日

耀走倩至／诸理事会兄／自成一派订大计

人常想要做他想做的事，但却
常常只能做他可以做的事。

铁手追命斗将军

第壹回

什么叫胜利？

——胜利就是对手败了自己赢了。

到了"朝天山庄"两里开外的"天狗店"，铁手在一家粮铺前找到了一名小厮，名字叫作甩甩。

这是他跟小刀、小骨议定的结果：

直接去拜候凌落石夫人宋红男，只怕难以得见，也怕打草惊蛇。

所以，要用迂回曲折的方法。

庄里有一个小厮，名叫甩甩，跟小骨甚为熟络，在山庄也日渐受到重用；另一位远房亲戚：小老妈子，则是小刀的心腹姊妹。

甩甩可以随时进出"朝天山庄"。

小老妈子则十分接近宋红男凌夫人。

因此迂回曲折的方法是：

一、铁手先行在"天狗店"找到出来为庄里办货的甩甩。

然后他出示小骨的重要信物，并转告小骨的要求。

之后随甩甩回到"朝天山庄"，由甩甩设法偷偷把小老妈子唤出来。

铁手再把小刀的贴身信物出示，并请托小老妈子请出将军夫人。

铁手再把宋红男带去"四分半坛"，让小刀、小骨与凌夫人重逢。

——至于大将军夫人是不是肯与儿女一道，远离凌落石，这则是他们重逢叙议之后的事。

万一发现情形不妙，铁手准备全力抢救宋红男，要是宋红男未见而遇敌，铁手也决不恋战，只求全力撤走，会合追命、冷血再说。

议定。

计成。

铁手独赴"天狗店"。

找到了甩甩。

他一眼就认出了甩甩，甩甩正甩着辫子，他的袖子也甩得特别长，很好认。

甩甩在开始的时候十分防卫。

铁手没有向他表明身份，但说明是受小骨所托，有事要他帮忙。

甩甩目中的恐惧虽然消减了不少，但他的反应并不是要如何帮助铁手，而是怎样"甩身"而已。

直至铁手出示小骨的信物：

一把刀鞘。

甩甩这才改变了态度。

"我能帮上什么忙？"

"我要找山庄里那位小老妈子。"

"这个容易。"

"但我不想让全庄上下任何一人知道此事。"

"可以。"

甩甩带铁手进入"朝天山庄"的范围，然后先请他在马房稍候。

他跟人说这位爷是来自山东"万马堂"的马帮。

——卖马和买马的人自然要看马。

于是甩甩就留他在那儿。

铁手在等待的时候，也不闲着。

庭院极为阔大，四周都饲养着马。

他看马。

——这儿至少有两三百匹马。

其中至少有五六十匹是罕见的好马。

——尤其其中一匹独处的马，额前有一丛绿毛，重瞳弓背，看去毫不起眼，毛色也十分寒酸，但却是一匹难得的神骏。

因为它外表平凡，但驰力绝佳，所以无法与其他的马共处。

——连马皆如是，何况是人？

——难道真正的英雄都是难以合流俗的？

——这样孤独、孤僻地活着，岂不痛苦？

铁手负手看马：

一如雅士浏览着画。

或如名士看美人，英雄看剑。

他心里有着深深的慨叹。

就在这时，小老妈子来了。

小老妈子一见他就问："铁二爷，我该做些什么？"

她很漂亮，很灵，很伶，也很巧。

眼睛亮亮的，笑起来皓齿和眼白都令人心里开亮了春日的丽阳。

——虽然现在时已近秋末的斜阳。

铁手反而有点犹豫："你帮我，可能会受牵累。"

小老妈子毅然道："我不怕。我也无法再忍受大将军的胡作非为了。总有一日，大将军会杀害夫人的。"

铁手这才说明："请将军夫人出来，她的公子和千金都想见一见她。"

小老妈子年纪并不大。

她双颊泛起红晕，贝齿轻咬下唇。

然后她下定决心地说：

"好，我去，你等等。"

铁手只有再等。

他一面等，一面留意。

留意马，留意人，留意这儿的环境和一切，还有特别多围墩也起得特别高的水井，以及院子地上还布放着相当多的陶瓷，手工精美，一大片地排放开来，很有一种齐整、秩序的美。铁手看得既很出神也很入神。

——直至宋红男出来了。

宋红男很有点威仪，不愧为大将军夫人。

但她现在威严中却带着相当分量的疑惑。

铁手即行上前拜见。

"你就是……铁捕爷？"

"不敢。"

"你找我……有什么事？"

"小骨、小刀请你移步一叙；"他左手一翻，亮出一方绿玉，道："这是小刀的信物，夫人验过便知。"

宋红男蹙着眉，看了一阵，才忧伤地说："我的孩儿都在哪里？我可念着他们啊。"

铁手道："他们暂时还不便回来——"

宋红男非常同意，"那你带我去看他们好吗？"

"好。"

然后遽变就发生了。

甩甩辫子一甩，连同两片袖子一并甩向铁手，就像一枪二刀／宋红男忽咳了一声，那是男人浓浊的咳声／小老妈子骤然出脚，竟一脚急蹴铁手之额一足急踹铁手之胫／铁手突跨前一步，身形一折，猿臂急舒。

战斗暂止。

写到这里，这场打斗得要重新再写一遍，值得注意的是：

文字一样，但程序得重作安排。

——程序一旦不同，结果就完全不一样了。

这道理很简单，二先减三再加六跟二先加六然后减三的结果是不同的。

——如果这些数字是代表财产的数量，至少，这财产的拥有者就不必先破产而后才发财。

正如一个人先断了手然后才与人决斗和先决斗然后断手是不一样的一样。

我们重来：

一、宋红男忽然咳了一声，那是男人粗浊的咳声。

二、铁手突踏前一步，身形一折，猿臂急舒。

三、小老妈子骤然出脚，竟一脚急蹴铁手之额另一足急踹铁手之胫。

四、甩甩辫子一甩，连同两片大袖一并甩向铁手，就像二刀一枪。

特别注意的是：

（一）是先行发生的。在（一）发生不到半瞬间，（二）已发动。然后紧接是（三）和（四），也就是说，（三）（四）是一并发出的，分不出先后，但它们确迟过（二）也是半瞬之间。这样也等于：从（一）至（四）的行动，整体只需一瞬多一刹的时间。

但局势已定了下来。

局面甚为分明。

宋红男那一声咳嗽，是"下令"小老妈子和甩甩"动手"。

但铁手比他们快一步。

他一步已跨到宋红男身后，一折身已闪过两人的攻袭，手已扳扭着宋红男的背颈肩腰。

宋红男似也没料铁手一早已觑破他们的布局。

所以吃了亏。

受了制。

宋红男一旦受制，甩甩和小老妈子都没敢再动手。

宋红男只在冷笑："小骨和小刀是这样请你来'请'我过去的吗？"

铁手道："不是。"

宋红男道："那还不放了我！？"

铁手道："我猜你不是宋红男。"

"宋红男"冷笑道："你凭什么说我不是她？"

铁手道："你有喉核，下颌还有髭脚。甩甩不知道我是铁某，小老妈子却是怎么把我认出来的！那也不是小刀的信物，没道理作为娘亲的认不出来。"

小老妈子脸上闪过惭色："那是我的疏忽。"

甩甩把辫子盘在自己头圈上："那是你的精明。"

"宋红男"却道："这是你的胜利。"

铁手道："我没有胜利。"

"宋红男"道："你棋高一着，先发制人，我已受制于你，还不叫胜利？"

铁手道："什么叫胜利？胜利就是对手败了自己赢了。我赢了什么？至少，我还不知道凌夫人的下落，怎么说胜利？"

第贰回

何必怕失败！

我们四师兄弟也没啥能耐，不过，我们只为一点公义、一点道理、一点良知而战，我们又何须怕败？我们既无所求，只求尽心尽力，纵失败又有何憾？

"对了，将军夫人还在我们手上；""宋红男"说，"我们现在有条件跟你谈条件。人质还在我们手上，你得放了我再说。"

铁手道："凌夫人并不在你们手上。"

"宋红男"这倒奇了："我既能在此地冒充宋红男，她不是落入我们手中还会落在谁的手上？"

铁手道："就是因为你们能在此地假扮成宋红男，宋红男自然不会落于你们手中。"

小老妈子、甩甩和给制住的"宋红男"面面相觑，还是由"宋红男"干笑道："这我就不解了。"

铁手道："你们既然来对付我，当然就是大将军的人。你们能在此地埋伏，当然要得到大将军的允可。宋红男是大将军的夫人，大将军怎会把她任由落于你们手里？他要杀妻害子，我不稀奇，但他一向妄自尊大，绝不会把夫人交由你们处置的。"

甩甩苦笑道："看来你该改行去当巫师。"

铁手道："为什么？"

甩甩道："你猜的事倒挺准的。"

"宋红男"道："那你不妨猜猜我们是谁？"

铁手想也不想，就道："'袖手不旁观'温小便名动天下的'割袍断袖'和'小辫子神功'，瞎了的也可以认出来。温门才女温情的'无可奈何花落去'的'落英腿法'，连我三师弟追命都赞口不绝，何况温女侠还精擅于'一丸神坭'！今日有幸会上。至于'老字号'温家制毒高手'小字号'的温吐马，善于易容狙杀，更是称绝武林——却不知大将军宠信的温辣子和阁下的胞弟温吐克也来了没有？"

三人瞠目相顾。

这回轮到温情（小老妈子）道："我看你还是当相师好了。"

铁手笑道："看来我没有猜错。"

温情道："是没有猜错，但却做错了。"

铁手道："哦?"

温情卸去化妆。

这妆扮只使她变老。

她抹去化妆就像抹去岁月的痕迹:

——要是岁月真的如此轻易抹去那就好了。

她只有一双伶俐的眼完全没变。

贝齿照样照耀着年轻，就像未淬过血的白刃。

就是因为她的笑目和皓齿，以及嘴边翘翘微弯向上的笑意，使铁手更加断定：他们是假冒的。

——大将军如此好色，是绝不会放过自己家里"小老妈子"如此姿色的女子!

温情边揩去化妆，动作很轻柔，很灵，很活。

然后她就是活脱脱的一个美人。

她的特色就是活。

——无论风姿、眼色还是笑意，她就是很灵很活。

绝对是一个生香的活色。

她一边卸妆，一边说："抓住吐马哥，对你没啥好处:既然将军夫人是在大将军手里，你也无法拿吐马哥交换她。你要是杀了吐马哥，'老字号'上上下下都不会放过你；如果带着他跑，至少我和小便还有吐克哥、辣子叔都会缠定你了。你这是自找麻烦。"

铁手看了看他手上的人。

皱了皱眉。

看似"颇有同感"。

"说得很对，"铁手道，"我也别无所求，但只要问三个问题，你们回答了，我就放了他，怎么样？"

温情灵黠地道："只三个问题。"

"三个，"铁手伸出了手指，"只三个，不多也不少。"

温情实行讨价还价："你先问一个，我答了，你得放了他，才问第二个。"

"先答两个，我就放他。"铁手倒是讨价还价得爽快，"不过，你们不可以说谎。你知道，我当捕快多年了，说的是不是真话，我倒有八成把握分辨得出来，我可不想下杀手，别迫我！"

见铁手如此爽落，温情倒防卫起来了："'老字号'的内情，我可不能透露。"

铁手笑道："我没意思要知道温家的事情——大师兄负责收集武林世家的资料，或许还会比较有兴趣。"

温情脸上一热，又补充道："'大连盟'的个中内幕，我们知道的也不多。"

铁手道："你们不知道的，我不会问；要是真的不知道，那只要答不知道就可以了，那也是一句实话。"

温情用一双灵巧的眼波端量着他："你好像很不喜欢作假？"

铁手道："我只是讨厌虚伪而已。"

温小便忽道："人在世上，谁不虚伪？"

铁手道："所以我才喜欢真实的东西。"

温吐马怒道："要问的还不快问，你以为我现在很风凉快活？"

温情又补充道："回答问题，只是要你放人；你放人不代表我们也放你一马。"

铁手笑了起来，"你真认真。"

温情嗔得沉住了脸："认真一些两无怨怼。"

铁手笑道说："这样的性子，我很喜欢。"

温情脸上一红，板着脸孔道："我不需要你来喜欢，你有问题，快问，有……那个……就快放！"

她毕竟是女孩儿家，在陌生男子面前还真说不出那个"屁"字。

"好，我问。"铁手道，"凌落石夫人宋红男，现在在哪里？"

"好，我答。"温情道，"大将军已不放心宋红男，他知道朝天山庄上上下下都很尊敬宋红男，于是着杨奸把她押出山庄，送往四分半坛。"

铁手立刻放了温吐马。

温吐马怔住，一时还会意不过来。

铁手道："因为你的答案我很满意。你不但回答了凌夫人在哪儿，也道出了大将军不放心把宋红男留在山庄的原因，更说明了是谁押走将军夫人。既然这样，我应先放了温兄。"

温情用水灵灵的眼波睨向他："这样，你就不怕我其他的问题都不回答了？"

"你可以不答，但我照问；"铁手道，"你们在这儿截击我，是大将军安排的还是你们自行布置的？"

温情居然偏了偏头，巧心巧目地转了转，才嫣然一笑道："好，姑且就答你；我们才没那么闲空在这儿候你，大将军神机妙算，他算定你们不甘罢休，但反击的方法只有几个，这是其中必下之着……"

铁手听了，一向沉着的他，眼神似也有点急。

但他还是问："我向知道温辣子称绝武林，行事飘忽，他为何要来帮大将军冒蹚这趟浑水？"

温情嘻嘻一笑："你猜我答不答你？"

然后又笑眼问温吐马和温小便道："我答不答他呢？"

温吐马挥了挥麻痹酸痛的肩臂，道："情姊自己拿主意吧，对死人回答问题，等于让他在牛头马面前做个分明鬼。"

温小便束起一双袖子，也说："情姊已答了他两个问题，大可不必再要他了，又不是他手上囚犯，他问咱就非答不成！"

他们两人都反对温情再跟铁手妥协。

但语调中也都听得出来：温吐马的年纪辈分比温情大，温小便在"老字号"得宠也年少气盛，但都以温情马首是瞻，不敢得罪温情。

"好，我就答你，"温情却巧笑倩兮调皮地转向铁手，"但我也得先考考你。"

铁手道："我一向很蠢，考我是让我出丑。"

"不考你脑袋，"温情笑得水灵水灵的，道："考你胆量。"

铁手苦笑："我只有黄疸病。"

温情伸出了一只手。

右手。

右手又伸出了一只手指。

食指。

食指尖而纤细。

好美的手指。

——看指尖可想见这手指主人心思之巧之灵。

之活之妙。

她的手指慢慢移前。

很慢。

慢慢。

其实有点漫不经心。

慢慢。

她的手指捺向铁手的鼻子。

铁手的眼也不眨。

但神情有点尴尬。

"我的手指将碰上你的鼻子。你的鼻子好大，又高，鼻头多肉，我想碰碰。"她眼里的水光闪闪灵灵的，"你当然知道，我是'老字号'的人，温家的女子，我浑身是毒，是沾不得的。"

铁手望着愈移愈近的手，苦笑道："我知道，我也记得。"

"你可以避开，"温情的神情也不知是狠辣多些还是促狭多些，反正她是笑嘻嘻地道，"可是，这样我就不会告诉你我们助大将军的原因。"

铁手看看她的手指，微微笑着。

他没有避，他只很注意她的指尖。

——由于指尖太近了，他的双眼珠子也难免有点"斗鸡"起来。

指尖只差五分，就要触及铁手的鼻尖了。

温情斜睨着铁手，认真地问："你不怕?"

铁手道："你的手指像是会跳舞——跳舞的指尖!"

温情的手陡地加快。

手指在鼻尖上轻轻一触。

就倏地收回。

收手时像是舞蹈里的一个手势，然后她说，"好，我告诉你，大将军跟辣叔要合作大事。"

铁手道："所以在事成之前，'老字号'的人绝不能让大将军受到伤害？"

温情一笑："这是第四个问题了。"

铁手一拱手，揖道："对不起，告辞了。"

温情冷笑道："你以为你说走就走得成吗？"

马厩里的马匹，踢着蹄子，不安地嘶鸣着。

铁手游目一瞥全场，"除了'老字号'温家居然和'蜀中唐门'联手，这个阵营确实令人震惊之外，"他稳如泰山地道，"我看不出有什么理由不能离开这里。"

温情一听，倒抽了一口凉气："好眼力，还是给你发现了。"

温小便却抗声道："谁说我们温家要与唐门联手？'老字号'一向独力解决天下事，用不着旁门别家相帮！"

铁手淡淡笑道："那么，唐仇不是唐门的人吗？"

温小便马上就提出反驳："唐仇自己跟你有仇，何况，她也一早给逐出了唐门！"

铁手恍然道："来的果真是她。"

他跟唐仇三度交过手，对这姹女颇感头疼。

温吐马向温小便叱道："多唠叨什么！"明显的，温小便给铁手三言两语试探出埋伏者是谁来。

温小便这也感觉到了，但要改口已来不及，当下老羞成怒，骂道："混账！我杀了你！"就要动手。

温情却拉住他的袖子，只轻轻的一扯，温小便便止住了攻势。

看来，他是不敢拂逆温情的意思。

温情眄着一双美眸，凝注着诚意和执着："你有多大的力量，对付大将军的党羽，还有我们？你们又有多大的能耐，能解决蔡京手上的势力，还有大连盟、危城军、老字号、暴行族、朝天山庄、天朝门、万劫门、四大凶徒、妙手班门、三十星霜的实力？你是败定了的。"

铁手笑道："我没有什么力量，我们四师兄弟也没啥能耐，不过，我们只为一点公义、一点道理、一点良知而战，我们又何须怕败？我们既无所求，只求尽心尽力，纵失败又有何憾？再说，据我所知，危城军队不见得全听命于凌落石，大连盟早已人才凋零，四分五裂，暴行族本不足患，万劫门只一味俯从，妙手班门另有所图，三十星霜自顾不暇，朝天山庄我已来了，四大凶徒早已和我们交过了手，天朝门不外如是，至于'老字号'……也不见得人人都支持凌落石的所作所为，只不过互相利用罢了。"

温吐马怂而叱道："情姑好意劝你，你却这般讨死怕迟，那好，我这就成全你吧！"他突然剥掉了外袍。

里面的衣服，竟有一个大大的"毒"字，也不知是拿什么事物嵌上去的。

铁手笑道："人说在江湖上，最难辨忠奸，因谁也没在头上凿字。是忠是奸，要自己体会。你倒是名符其实，一目了然。"

温吐马骤喝："找死！"他痛恨铁手刚才制住了他，使他在温情面前无脸，更恼恨铁手讽刺他这一身的"毒"。

——"老字号"温家，每个成员都有不同方法炼毒、藏毒、施毒和解毒，只不过温吐马的使毒法子比较没有保留一些，这就是他之所以平时爱乔装打扮的原因之一：既然是绝招太过张扬，面目就尽可能虚饰一些，好让人拿捏不定、测不准。

他本待动手，温情玉手又是一拦。

温吐马强行止住。

到这时候，铁手也明显地看出来：

一、三人之中，这温情最不欲与他交手。

二、三人中，温情既年轻又是个女子，但显然其他两人都很听她的。

所以他朗声道："我暂未想死，也无意找死，既然将军夫人不在这儿，我就向各位告辞了，得罪之处，尚祈见谅。"

温情却道："走不得！"

铁手道："为什么？"

温情道："我们不想跟你动手。"

铁手道："我也不想。"

温情道："我不想杀你。"

铁手道："我更不想。"

温情道："你只要留在这儿两个时辰，我们就可以不必对你下杀手了。"

铁手道："你不这样说，我已要走；你说了，我更是非走不可了。"

温情嗔怒反问："为什么？"

铁手道："因为这样显示了有比我生命更为重要的事，正等我挽救。大将军既然算准我们之中有人来这里，其他的行动，恐亦难逃出他的计算。所以，我更加要走。"

温情冷笑："你最好不要走。"

铁手道："我不得不走。"

温情玉脸翻寒："你走我就动手。"

"那是我最不愿意的，"铁手浩叹了一声，"但我还是要走，而且非走不可。"

一说完，他就走。

开步走。

向门口。

——大门口。

第叁回

刀未能砍下

　　"定"是一种可怕的力量：在分量不足的人运使令人发噱、使自己招败；但在高手用来却雄倚岳峙、不战而屈人之兵，甚至泰山崩于前而不变于色。

他开步就走。

坚决无比。

第一个向他出手的是：

温小便。

辫。

还有袖。

袖如刀。

辫若枪尖。

砍砍ㄟ

刺——

通常，一个人是提刀来砍、以枪为刺，但温小便不必。他自身就有刀和枪。辫子和袖，比刀枪还锋利；袖子和辫，比枪比刀锐。刺砍向铁手。

铁手兀然出手。

他出手并没有什么特别。

若说有，那就是他的定。

特别的"定"。

——一种透彻机变的"凝定"。

"定"是一种可怕的力量：在分量不足的人运使令人发噱、使自己招败；但在高手用来却雄倚岳峙、不战而屈人之兵，甚至泰山崩于前而不变于色。

他一出手就双掌一拍。

拍住了疾战的辫。

他拿辫梢一划——

（就像辫子是一把刀子，辫梢就是刀尖一样——）

就在袖刀未能砍下之前：他已划断了袖子。

两片袖子落了下来。

他，继续前行。

仿佛没有什么事物能阻挡他的前进。

没有。

绝无。

温吐马第二个动上了手。

他身上的"毒"字，突然，不见了上面的"龶"。

——"龶"字何去？

只剩下一个"母"字。

同一时间，铁手受到了侵袭。

——那是飞动的事物。

蚊子？蚂蟥？苍蝇还是——？

谁也不知道那是什么东西。

甚至温吐马自己也无以名之。

他只知道这是他创造的一种"暗器"：

一种"飞行的毒"！

——就算一匹马给它们螫了一下，也在三呼吸间非毙命不可！

虽然铁手壮硕得就像铁铸的——不过，再强壮也顶多给他多呼吸六口气吧？到头来这是必死无疑。

这些"飞行之毒"当然不会去叮那些马，它们只会去螫主人要它们去咬的人！

目标当然就是铁手。

铁手伸出了手。

那些"飞毒"全都咬在他的双臂上。

——它们没有"弄错"。

它们的确是准确地螫着了敌人。

——虽然那是敌人的手。

一个以手成名的敌人的手。

就后果而言，那就很有点不一样了。

"飞行毒"纷纷落下。

没有一只能再飞起来。

铁手仍走着。

空手而行。

无人能阻。

温情深吸了一口气。

她要出手了。

虽然她不愿。

她不愿向铁手出手的原因很奇怪，多而且乱：

（她觉得这个男子有安全感）（在"老字号"待那么久了，她更觉得在江湖上应该交上一些自己真正的朋友）（她本身并不赞同"老字号"这次的行动）（她对辣子叔的决定并不服气）（她一向敬重"神侯府"的所作所为，她不想与他们为敌）（她私下也很鄙薄大将军的残狠无道、凉血卑劣）。

——有时候，人的脑中有掠过许多或许许多多的意念，一时也分不清、弄不清楚，哪一个才是先、哪一个方是后、哪一个影响自己最深、哪一个才是自己真正最重视的。

温情现在就是这样子。

她是她的"大家族"中的一分子。

她不能不这样做。

她是一个人。

她有她自己的做法。

——于是，就有了矛盾。

就像而今：她不想动手，但不得不动手。

她一颗蜡丸就扔了过去。

这看来只是一粒蜡丸〔蜡丸半空炸成两粒《两粒又裂成四粒〈四粒又分成八粒《八粒又邅成十六粒［十六粒又碎成三十二粒【三十二粒又化成无数粒……】的黑子］黑点》小丸〉黑丸》攻向铁手〕。

蜡丸刚刚炸了开来。

它有无数变化。

——分得愈细，毒力就愈高。

——变得愈小，毒性就愈烈。

这就是"一丸神坭"！

但铁手却在它刚刚爆炸开来时已一手握住。

铁手。

——铁铸似的手。

一切微细小点粒全揸在他的手中。

一颗也无遗漏。

铁手照样前行。

看来不快。

其实甚疾。

稳。

而且定。

——一往无前。

这前进的姿势莫之能挡。

万物为之所必开。

第肆回 枪就要刺来

好一柄枪！

——枪艳。

——枪法惊艳。

——使枪的女子这样打马而来却仍似赶赴一场艳遇那样地艳！

就在此际，铁手已快步出庄门——

突然，万马奔腾。

那百数十匹马，不知怎的，全给解开了缰绳，并似受了什么力量的指引，全向他冲击而来！

马疾奔。

无间隙，也没有间歇。

铁手仍向前行。

——任何人只要给撞着，就一定倒下，一旦倒地，就必然给乱蹄踩死。

铁手仍向前行。

他注意的是空隙。马与马之间奔行间隙，随时会出现敌踪：可能在马背上、可能在马腹前，马前、马腹、马侧，这无声无息使药操纵群马的敌人，绝对要比温情、温小便、温吐马和马群更可怕更可怖更可畏。

但铁手仍向前行。

他是那种一旦开步就决不停止改道犹豫踟蹰的人。

马奔腾而至

奔腾而至马

腾而至马奔

而至马奔腾

至马奔腾而

铁

手

马马马马马

马马马马马

马马手马马

马马铁马马

马马马马马

马马马马马

（这时候，大家就看到了一幕奇景：

无论马奔行多速、多急、多有冲刺力，但一到铁手近前七尺
之遥，就似给一道无形的气墙隔着，马匹一见他前行的气势，就
兀然而止，或绕道而行，甚至蹶足倒地。

铁手俯首。

前行竟没有一匹奔马能接近他。）

他在等。

等待大敌：

唐仇。

——她才是真正的首号大敌：她不知施放了什么毒性，使得
这些无辜的马匹，也成了她的武器——至少是用以扰乱铁手心神
的武器！

出现了。

唐仇、劲装、黑衣，出现在那匹超卓的绿面马背上、持枪、
刺来。

好一柄枪！

——枪艳。

——枪法惊艳。

——使枪的女子这样打马而来却仍似赶赴一场艳遇那样地艳！

枪举起。

枪尖向着阳光，绽出千道光华。

枪仍未刺下。

但刀光已起。

那是一柄水色的刀。

——很女人的刀。

唐仇的刀。

当敌人给她吸引住在她枪尖上之际，她的刀才是真正的要人性命。

要命！

夺命的枪！

要命的一刀！

可是铁手曾经跟唐仇交过手。

他不仅记住了她的人，也记住了她的刀。

还有刀法。

他无法拒抗这匹马的冲力。

他在马首撞着自己前的一霎，夺去了唐仇手上的枪，挡住了那一刀。

枪断裂。

然后真正要命的格斗这才开始：

让我们先来看看唐仇的情形：

唐仇伏袭铁手。

她是志在必得。

不过，这一次，铁手却心无旁骛。

他集中精神来对付她。

她拔刀。

这是她的杀着。

——枪只是她的掩饰。

可是铁手一出手便攫去了她的枪。

以枪格刀。

幸好她还有一记绝招。

——所以铁手还是着了她一招。

杀着是杀着，绝招是绝招。

她一刀"砍"中，但随即发现那一刀只是砍在铁手手上。

——铁手以手挡去了这一刀。

不过这也无碍。

那不是平常的刀。

—— 一记毒刀！

接着下来，唐仇有一个可骇的感觉：

铁手一手夺枪，一臂挡刀，但突然之间，她给击落下马来。

击倒她的，竟然是：

铁手的五脏。

在逼近铁手交手的刹那感觉，竟还似与他的肝、心、肺、肾、胃相斗。

她一时无法以"双拳"敌此"四手"，所以如受重击，落下马来。

铁手登马绝尘而去。

（他去哪里！？）

（这是什么鬼功力！？）

（莫非他已洞悉大将军的布置！？）

在吃痛负伤中，唐仇惊怒地思忖。

——第四次交手，仍然两败俱伤！

她一直都杀不了这个人。

毒不倒铁手。

留不住他。

有关唐仇这次交手的情形至此终。

第伍回

煮酒论狗熊

——狗熊还可以拍桌子大骂，英雄则只可崇拜，不及狗熊好玩也！

我们再来看看铁手的情况：

。

着。

中招。

也挨刀。

他以手格。

他本夺了枪。

并以枪挡了刀。

可是唐仇还有刀。

那恐怕是刀外之刀。

刀不锐利但毒性极烈。

铁手即以空手相格硬挡。

他同时逼出了大气磅礴功。

五脏之力以内息催动向唐仇。

唐仇竭力抵挡不住只好落下马。

铁手不欲恋战立即翻身骑上马。

他马上打马急若星火绝尘而去。

他要赶去救援另一场的危机。

一路赶程只觉刀毒已发作。

这时他正驰过一片田野。

他翻身下马运气调息。

只见手臂已呈紫青。

他聚运神功心法。

突以一拳击地。

臂插入土中。

土渐转紫。

他闭目。

良久。

静。

。

然后他再徐徐地把手臂自转为青紫色的土里拔出——徐徐地呼了一口气——徐徐跨蹬上马——马作一声长嘶——他急赶向三分半台！

他终于拔除了手臂上的毒力。

幸好这一记"毒刀"是砍在他的手臂上。

铁手的臂上！

——要不然，就算是神功盖世的铁手，也难以祛除此烈性绝世的毒力！

有关铁手这次动手的情况至此完。

酒。

三分半台两个人。

饮。

落山矶下连营军。

追命找着了于一鞭。

以他的轻功，大可以不惊草木地进入营中，找到于一鞭。

但他没有。

他不这样做。

他直接请戍守的军士通报于二将军：

"崔略商求见于将军。"

于一鞭马上予以接见。

他还出迎追命。

两人一见面就拥抱。

原来于一鞭也曾有过不得志时候，那时候他也寄身在"饱食山庄"。

追命当时也是饱食山庄的食客。

那时候舒无戏庄里食客如云，左右众多，两人很少有机会遇在一起，说起来本来也没有特殊深厚的交情。

不过，俟舒无戏失势后，庄里的食客就纷纷对这老庄主怨载连天、唾骂不绝。

追命和于一鞭都是少数几个为舒无戏说话的。

舒无戏的"政敌"也趁机会整肃他。

是以舒无戏从前庄里的"食客"，纷纷表态，毁谤舒无戏，因而，追命、于一鞭等人就成了打击的对象。

他们为了表示划清界线，还公报私仇，纠众伏袭于一鞭和追命。

他们并肩作战，击退了敌人。

从此成了老友。

之后，于一鞭有鉴于舒无戏失势时的世态炎凉，便一改作风，投靠王廷，拉拢内戚，终重新获得重用，直升任为驻守落山矶重兵的将军。

追命也终于成为了捕役。

名捕。

两人见面，分外开心。

于一鞭呵呵笑道："怎样，来叙一盅酒如何？"

追命道："我？戒饮好久了！"

于一鞭："放屁！你戒酒，我还戒饭呢！"

追命笑啐道："我才不是戒酒，我只是戒饮一盅——要喝，就喝个痛快！"

"好，咱们就痛痛快快去！你要在哪里跟老哥哥我喝个不醉无归？"

"随你！"

"营里如何？"

"可以。"

"还是外边吧？"

"为什么？"

"你来，一定有事；"于一鞭的颧骨映着光影，显示得他更为权谋有力，"在营里谈，对你心理不好。"

"噢，"追命故作大惊小怪，"了不起，将军已变得像女人一般细心了。"

于一鞭深知追命戏谑性子，也不以为忤："好，我吩咐下去，就在三分半台对落日余晖设酒宴，老哥哥我介绍几位好汉与你相识，咱们再来好好地煮酒论英雄！"

"不，"追命更正道，"还是论狗熊好了。"

"狗熊？"

"现在江湖上哪还有英雄剩得下来？再说，英雄事也没什么好论的。谁不想当英雄？可惜人常常想要做他想做的事，却常只能做他可以做的事情。所以，能煮酒论狗熊已经不错了。狗熊还可以拍桌子大骂，英雄则只可崇拜，不及狗熊好玩也！"

"好，论狗熊就论狗熊，不过，三分半台，无桌可拍，咱们就只有拍石头。"

"拍石头就拍石头，咱们就摸着项上人头拍着胯下石头笑饮痛骂狗熊醉论枭雄吧！"

第陆回

鼠酒　论英雄

世上哪有成大事而不必冒险的？退而求进，空而能容。害者得利，福分祸寄。

酒宴摆下。

就在乱石间。

山外荒山。

夕阳红。

酒过三巡。

于一鞭忽把笑容一敛，正色地问："追命兄此番来这军戎荒僻之地，想来有事？"

追命也把戏容一整："真人面前不说假话，我是无事不登三宝殿。"

于一鞭的语音哑涩，说话时如同铁石交击："你有话，请说。待会儿副将军'金眼妖'毛猛，还有'暴行族'三位当家，都会过来跟你打照面。如果老哥的话只对我说，现在就该说了。"

追命把手中的酒，一口干尽，然后道："我来的目的，是劝。"

于一鞭脸上的皱纹仿佛一下子多了三五十条。

但他还是笑着。

眉心之间，却显出一道悬针纹，如同刀刻一样深。

这儿没有水塘。

却有蛙鸣。

隐约。

——太阳下得愈快，蛙鸣愈响。

——有时难免会思疑：太阳似是蛙族们齐声催促之下匆匆落山的。

接下来，追命说得很简单，"我劝你只有四个字：'弃暗投明'。"

于一鞭："你要我背叛大将军？"

追命："就算不背弃，也可离去。"

于一鞭："这样做，对我岂非百害而无一利？而且还落得个不仁不义？"

追命："非也。将军这样做，人皆称颂大仁大义，虽有一害，却有百利。"

于一鞭动容："何解？"

"大将军造了太多的孽，引起太大的公愤了，他迟早遭人铲除收拾，你若提早背弃他，只要登高一呼，大家都以你马首是瞻，歼灭恶贼，那时你领导群雄，气局岂要远甚于如今！"

"万一我铲除不了大将军，反而给他消灭了呢？"

"你也可以不必倒戈反击。你只要按兵不动，不去助他，这样待大家群起攻杀大将军之后，不会把你视同他的余党，至少可以抽身自保。另且，大将军一旦倒台，他在这儿的兵力和权力，都集中在你身上，这才是智者所取，又何必跟这种狼子野心迟早要并吞你手上军权的大将军狼狈为奸呢？"

"你刚才不是说有一害吗？却是何害？"

"唯一的害，就是要冒险。"

"冒险？"

"于将军沙场百战，哪一征战不需冒险？就算稳守不动，也一样得提防大将军暗算吞并，也得冒险。世上哪有成大事而不必冒险的？退而求进，空而能容。害者得利，福兮祸寄。这一害，其实不是害了将军，只会帮了将军名垂青史，更上层楼。"

于一鞭脸上的皱纹愈来愈深刻。

暮色愈来愈浓。

月亮愈来愈清澈。

晚风徐来。

太阳红得像一颗熟透了的蛋黄，在黄山碧云之间浮浮沉沉。

——终于还是沉下去了。

追命没有开口。

他已把话说了。

——说客的口才不在于能说，还要能听，能在不该说话时缄默。

良久。

于一鞭才问："你为什么要来劝我？"

追命坦然道："因为你是必争之子：君助我等则必胜，助凌落石则使我们声势大减。"

于一鞭干笑一声："所以你还是为了自己的利益。"

追命道："谁不为己利有而所求？孔子有曰：富贵若可求，虽执鞭之士吾亦为之。我们只不过是有所为有所不为而已。我们和于将军有着共同的利益。"

"凭什么你认为我会答允你？我不会把你卖掉吗？自你背叛大将军后，你的人头叫价相当高哩！"

"就凭于将军的为人。"

"哦？"

"多年来你跟大将军共处，也同辖一地，但清廉耿介，同流而不合污。"

"也许你看错了。"

"但将军却不会看错。"

"嗯？"

"我在大将军身畔卧底多时，将军也曾见过我侍候在凌落石身边，虽说我有易容，但于将军神目如电，始终不叫破，必有深意在。"

于一鞭沉默。

夜已全盘降临。

"我的一位世侄于春童，却死在令师弟冷血手里！"

于一鞭咯啦地在喉头干笑一声，才把话说了下去："你很失望是不是？你是英雄，当喝烈酒。我呢？我只是鼠辈，侥幸当上了将军。我不求有功，只求无过。虫行鼠走，要论英雄，喝美酒，我只有敬谢不敏。大道如天，各走一边，我只会喝糊涂酒，算迷糊账！"

这回到追命一口把盅中酒干尽。

蛙鸣骤起。

如千乐乍鸣。

第柒回　那是我的青蛙

　　别小看青蛙。它入水能游，出水能跳，不是人人都可以办得到。青蛙再厉害，到底还是青蛙。成不了鳟，翻不成龙，变不了鲤鱼！

蛙鸣忽而俱寂。

"你请的人已经到了吧？"追命的语音忽然冷了起来，每一字都像是冰镇过似的，"既然来了，就请他出来吧，何必在那儿玩青蛙呢！"

只听一人大笑道："那是我的青蛙，你别小看它，它们的叫声，可是告诉我早天几时到？雷雨几时临？河塘水涸未？敌人在不在？还有，"那声音又大口大口地喘了几口气，才又咬断了什么事物般地咯啦笑道，"谁对我好谁叛我？它们也可以告诉我。"

他一面说着一面还以掌托抚着一只人头般大的青蛙，一面大步自岩洞的阴影里步出："这真是我的青蛙。"

"我的好青蛙。"

追命又把盅里的酒一口气干尽。

好苦的酒。

还带骚味。

——但酒既已斟了，那就干吧。

他知道来者是谁。

所以他没打算再有什么酒可喝。

"东家？"他气定神闲、金刀大马地说，"委屈了！要你把话听完才现身，实在是太难为你了。"

他曾在"大连盟"里当卧底，所以惯称一声凌落石为"东家"；见面第一句，他还是这般先唤上一声。

"凌光头，"他随后就说，"你应该庆幸，能有于一鞭这样的伙伴，你这般薄凉，但他却依然不卖你，跟你讲信用、义气，这是你走运。"

凌落石摸着光头，啧啧有声地惋惜道："可是。他跟我讲义气就是对你背弃。我有运就是你倒霉。"

追命淡淡地道："我来的时候也没有寄太大的希望。"

凌大将军道："我算定你们会来这儿劝服老于，只来了你一个，却有点不够味儿。"

追命笑道："假如我们四师兄弟都来齐了，你吃得消？"

"对，"大将军居然不愠不怒，"我也不想把你们这等人物兜着走。"

追命忽道："好像！"

大将军奇道，"什么好像？"

追命道："青蛙。"

大将军道："青蛙？像什么？"

追命："好像你。"

大将军仍然不恼："你说样子？"

"我是说能耐。"

"能耐？青蛙的能耐？"

"别小看青蛙。它入水能游，出水能跳，不是人人都可以办得到。"追命道，"就像你，在朝在野，黑白两道，你都吃得下、吃得开。"

大将军抓抓光头哈哈笑道："没想到这会儿你可捧起我老人家来了！"

追命摇首笑道："我的话还有下文，青蛙再厉害，到底还是青蛙。成不了鳟，翻不成龙，变不了鲤鱼！到头来，多行不义必自毙，作法自毙，指日可期！"

"谢谢点省。"大将军道："人之将死，其言也善。伤天害理，妄造杀戮，自然容易自取灭亡。但要是精明强干，绝不昏庸糊涂，那结果就可能永不败亡了！这就是你最后的遗言吧？还有什么话要说吗？"

追命笑着饮酒。

摇首。

"没有了。"

他说："可惜这酒太难喝了。"

"酒难喝，总比人难惹的好；"大将军拍了拍手，月下岩上，走出了三个人，"难惹的人这儿就有几位。"

"老字号，温家。"大将军作引介，"温辣子、温吐克，还有副将军毛猛。"

追命抱拳，道："请。"

大将军望定他道："你现在投靠我还来得及。"

追命笑道："哪有这等便宜事。请吧。"

遽然，长空一阵尖啸。

啸声至少在两里开外传来，但依然清晰可闻！

大将军神色骤变，叱道："七十三路风烟，截下！"

尖啸此起彼落，迅即转为长啸，已在两里之内。

大将军轰轰发发地把话滚滚荡荡地迫了出去："三十星霜，拦着！"

长啸未已，倏起倏落，已在里内！

大将军的光头在月下照出了微汗。

"'暴行族'，"他喝如千面铜钹齐鸣，"截杀——"

话未说完，月影一黯一人已翻落到他身前来，即与追命并肩而立，神定气足玉树临风，拱手朗声：

"凌大将军，我铁游夏，要和崔老三联手，斗胆斗一斗阁下还有这儿的朋友，请了！"

稿于一九九一年九月一日与罗倩慧、何包旦、叶浩、伍永新、陈玉娇、狄克、梁倩雯、李志清、余铭、陈雨歌为孙益华庆祝生日于金屋

定稿于一九九一年九月三日温梁何倩返马行

校于一九九一年九月九日至十六日二赴胡、蔡之宴

我们也许都无法成为伟大的人物，但我们随时都可以有着伟大的爱，只要你肯付出。

第叁章

对酒当歌

人生三角

第壹回

自招

世上就是有这种人：明明不能，偏说能；因为不承认自己不能，所以一辈子都不能。

"我都说了,"看到铁手和追命并肩而立,大将军摩挲着光头,发出一声浩叹,对他的副将毛猛说,"像他们这种狗腿子,是轻饶不得的。冷血一出现在危城,就该杀了他,但他手上有'平乱块',一时不便公然下手,一拖至今,他还活得好好的。现在眼看又多一个,再看又多一个!趁着今晚只来了两个,再不下手,那还真个对不起我凌家的列祖列宗了!难道还是待他们四个来齐了之后才下手吗!"

毛猛威猛地答:"是,早该杀了!"

大将军斜里白了他一眼:"那你还不去杀?"

毛猛一怔,半晌才想出了个较名正言顺的理由:"没大将军的命令,我不敢动手。"

大将军嘿声笑道:"那现在铁二爷崔三爷全都在这儿,我已点了头,你不去把他们俩都一刀宰了?"

毛猛干咳了一声,嗫嚅道:"可是……他们两个……我才……一个——"

大将军叱道:"胡扯!我没叫你一上来就杀两个,你大可一个一个地来杀啊!余下的一个,我们都可以替你缠着,待你杀了一个再杀一个。怎么样?"

毛猛退了一步,吞下一口唾液,眼珠子一转,大声答道:"不行!我要留在这儿,保护大将军您的安危!"

"啪!"

大将军竟捆了他一个巴掌。

"世上就是有你这种人:明明不能,偏说能;因为不承认自己不能,所以一辈子都不能。"大将军啧啧有声地道,"我身边就是因为有你这种人:明明是不敢,偏要逞勇;因为不敢面对自己的懦弱，所以一辈子都懦怯下去，却找各种借口来掩饰！"

他狠狠地一连串地问："凭你，就杀得冷血追命铁手任何一人？就凭你，就保护得了我凌某人？你要等我命令才下手吧？要有我下令才动手已是蠢材了，你不能揣测主子的意思还当什么副将？现在就算我下了令，你能够担得起吗？担不起，却来说大话，嘿，我门里怎么会有你这种人！"

毛猛给这一番话，斥得垂下了头，赧惭倒不见，羞忿倒明显。

"你看你，"大将军气得又在大力摩擦他那项上光头，"有人如此教诲还不知悔，更不知愧，难怪一辈子只当人副将军！我三番四次要举荐你，却仍烂泥扶不上壁，抬都抬不上台面来！"

毛猛唯唯诺诺。

垂手退下。

毛猛。

一个非常文质彬彬的年轻人，剑眉，星目，样子神态，都有抑不住的傲慢与浮躁，但却一点儿也不"猛"。

他的额上系了一条黑巾，黑巾上插着一根白羽。

他给大将军喝退了。

他也没什么特别的反应。

甚至不感到沮丧。

——遭大将军的喝斥，已是他生活中的常事。

大将军见铁手和追命并肩而立，完全是要放手一战的样子。

并肩是一种相依。

——只要有人与你同一阵线，你就并非全然孤独的。

——你试过孤军作战吗？

如果尝过独战江湖的滋味，肯定更渴求能够有个人的肩可以并一并、有人的背可以靠一靠。

寂寞固然难受，但毕竟只是一种心态。

至少表面上依然可以很热闹。

孤独是一种处境，完全是你一个人要去面对。

甚至连个可以并肩的人也没有。

——尤其在你陷入绝境的时候，肯与你并肩作战的，定必是你真正的朋友。

有人说："要到死的那一天，才知道谁是朋友，谁才是敌人。"

这是错的。

因为人都死了，死人既不需要朋友，也不需要敌人。

死了就是死了。

死了根本什么都不知道。

——就是为了不甘死了什么都没有了，人才相信有鬼有神。

才有那么多而且大都是捏造出来的神话鬼话。

四周都是敌人。

但铁手并不孤独。

因为他有追命。

四面都是强敌。

追命却不孤绝。

因为他有铁手。

两人并肩。

作战。

——你要有朋友，便首先得交朋友。

——你想朋友对你好，首先便得对朋友好。

友好的人一定会有好友。

不过，好人会有好友，但坏人一样会有知交。

虽说道不同不相为谋，但这世上无论是黑道白道上道的不上道的，都会有他的同道中人。

在此时此际，凌落石大将军的"同道中人"显然很多。

而且人多势众。

高手如云。

看到铁手和追命并肩而立的气势，大将军长叹了一声，道："可惜你们只有两个人。"

他为敌人而惋惜。

追命笑道："两个人就够了。不齐心的，一万个人也没用。"

大将军同意。

他还相当感慨。

因为他感觉得出来：

敌人虽只有两个，但那种并肩的雄风，跟自己那一伙人各怀异心是大不一样的；他们虽只是两人，但那种同一阵线的无畏，和自己手上那一干人各怀鬼胎是很不同的。

他觉得自己对待朋友一向很好，却不知道却交不上像追命、铁手这等生死相交的友情——像追命，曾追随过他，不也一样怀有异志！

他感叹地道："你们还有一个机会。"

追命道："你会开间和尚庙？"

大将军板起脸孔："我不认为这句话好笑。"

追命道："我也没意思要逗你笑，但一味严肃认真也不代表就有机会。"

大将军道："你们的机会就是：要是你们可以答允向我绝对效忠，我也可以考虑不杀你们，允许你们的投诚。"

他补充道："这是因为我特别欣赏你们之才，才会有这样仁慈的建议。唉，我这辈子，唯一的坏处就是：太爱才了！"

毛猛在旁附和道："是啊，大将军的确是太爱惜人才了！"

追命道："谢了。"

大将军怒问："什么意思！？"

追命道："我见过你爱惜人才的方法了：曾谁雄、李阁下、唐大宗莫不是在您爱护下死的死、不死不活的不死不活。"

大将军断喝一声道："好，别说我不给你们机会，这可是你们自找的！"

铁手微笑道："本来就祸福无门，由人自招。这就是我们自招的。请将军进招吧，我们舍命相陪就是了。要不，请高抬贵手，我们自下山去。"

毛猛嘿声道："来了落山矶，能说走就走，要落山就能落山的吗？"

追命笑了。

猛灌一口酒。

按照道理，一个人在仰脖子喝东西之前，是什么事都不能做的。

但追命却突然动了。

他像风一般旋起。

大将军看着他。

但没有出手。

铁手也看定着大将军。

追命并没有突围。

他像风一般回到铁手身边。

脸上仍是那玩世不恭的神情。

手上却多了一样东西。

羽毛。

白色的羽毛。

第贰回

怪招

所谓"侠道正道"就是这样子，受人敬仰时故示正直，要争出头时便无所不用其极。

毛猛头上已没有了羽毛。

——失去了羽毛的他，同时也失去了面子。

却有一张涨红了的脸！

追命笑道："有些话，还不是人人都说得的。"

毛猛怒极："你……你……！"

他刚才只觉眼前一花，他以为追命要攻袭他，连忙出招护住自己身上各处要害，封死自身各路破绽，却没料追命只一伸手夺去自己头上的羽毛，已翩然身退。

这使他栽上了一个大跟斗。

——更令他震讶的是：大将军、于一鞭、温辣子、温吐克、三十星霜、七十三路风烟、暴行族各好手，竟无一人前来助他。

大家都好像觉得事不关己。

所以也己不关心。

大将军道："好快的身法！"

追命又一口气喝了几口酒。

铁手知道自己这个师弟已全面备战。

——他的酒喝愈多，斗志愈盛。

酒就像是火和锤子。

这时际，追命就像一柄烧红的铁。

三样合一，他就会成为锋利的剑。

大将军又道："可惜，你那一晃身之间，上、中、下脘，还是有四处破绽。不过，我并没有出手，可知道是为什么吗？"

追命嬉笑道："因为你懒。"

大将军冷哼道："是因为我要给你最后一个机会。"

追命道："哎，终于等到最后的机会了。你常常说给人机会，其实都是替自己制造机会。我刚才的确是有三处要穴露出破绽来，但你看得出却不等于能制得住我。我够看得出你的要害来，但能不能打着，又是另一回事了。"

大将军怒道："你这叛徒，不知好歹，你已失去所有的机会了！"

追命道："我是到你帐下卧底的，从来没对你效忠过，所以不是背叛你。"

大将军十指骈伸，撮如令牌，收于腋下，狠狠地道："好，我先收拾你。"

铁手上前一步，双掌合拢，在胸前交肘而立，向追命道："骂架你先开口，打架我先动手。"

追命笑道："酒我已经喝了，火是我撩上来的，哪有这等便宜事。"

铁手道："你还是得听我的。"

追命笑睟："为什么？"

铁手道："因为说什么我都是你师兄。"

两人大敌当前，仍争先动手，而且依然轻松应对。

大将军看在眼里，心中就狂烈地想：这种人才该是我的！这种人才应当为我效命！这种人才我怎么没有！？

——可惜的是，一旦人才加入成为他的奴才，他就不再当对方是一个有才的人，反而易忌对方之才，常找借口加以压制或消灭。

如此下来，好处也有：至少大将军仍只有一个，地位丝毫没有动摇；坏处也一样存在：他手上真正有本领而为他效死的人，却并不多见！

大将军道："一起上吧，省得打不过时才又找借口插上一手。"

他哂然道："反正所谓侠道正道就是这样子，受人敬仰时故示正直，要争出头时便无所不用其极。"

他的用意是激将。

铁手严正地道："你放心，我们就恪守武林规矩，单——"

话未说完，追命已截道："单挑只斗你的部属。但你是名动天下威震八表的大将军，咱们只是小鹰犬，一个打你一个，还真是看不起你哪！"

大将军嘿了一声。

（好家伙，竟不受我这一招！）

却听在旁的温辣子忽道："这规矩有些不合。"

温吐克即随机而问："却是如何不合？"

温辣子道："凡是两军交战、双方交手，哪有一发动就是主帅先行出袭的！"

温吐克道："那该怎么办？"

温辣子道："当然是先锋、副将先行出阵了。"

毛猛听着，似是吃一惊，指着自己的鼻子张大了口："我……"

温吐克知机："要是副将不济事呢？"

温辣子道："那咱们是来干啥的？"

温吐克道："不是来助拳的吗？"

温辣子道："助拳，不正是咱们的本分吗？现在不上这一阵，替大将军唱唱道、跑跑场、省省力，咱们就算白来这一趟了！"

温吐克吐了吐舌头："这样说来，似有道理。却不知你先上还是我先上？"

温辣子道："在'老字号'里，辈分你大还是我大？"

温吐克不敢怠慢："自是你大我小。"

温辣子悠然道："这样的话，你说呢？该你先上阵还是我？"

温吐克居然道："我比你小，该你保护我的。"

温辣子却说："我比你大，应为你压阵，留待后头为你掠阵，应付高手。"

温吐克还是说："不行。做小的没理由拨了头筹，占长的便宜。"

温辣子仍道："怎可！老的应该礼让小的。"

他们竟如此当众"礼让"了起来。

互相推卸，也各自推辞。

追命看了一阵，低声问铁手道："这两人使的是怪招。"

铁手沉重地点了点头："这也是对怪同门：'老字号'温家的人都不可小觑。"

"你留存实力。我先打这两阵。"

"不，既要留待实力，对付大将军，就各打一场。"

"那也可以，但我要斗温辣子。"

"为什么要由你斗他？他似乎要比温吐克难缠。我听说他的毒叫作'传染'，是用毒百门中至难防的一种极歹毒手法。"

"我擅长的是轻功，可以避重就轻。你的内功待会儿还要与大将军的'屏风四扇门'硬拼。你一定要稳住大将军的攻势，咱们今天才有生机。你若在温辣子身上消耗太多真力，那才是误了你我！再说，温吐克的毒也不易斗，听说他善使'瘟疫'，你得小心才是。"

"……"

忽听大将军扬声问："你们已商量定出结果了？要是投诚，我还可以考虑。"

追命一笑："说实在的，东家，跟你也算有些时日，你说的话我还真不敢信呢。一旦弃战，也必为你所折杀，还不如力斗至死，还落得个痛快！"

大将军摩挲着光头，笑桀桀地说："嘿嘿，你未战先言身亡，出言不吉，恐怕今晚都难逃一死了。听我的话，降了吧。"

追命反而劝他："大将军，你想杀人不动兵刃，也省了吧，天下哪有这等便宜事？"

大将军脸孔搐动了一下，两只鬼火般的眼神盯着追命，好一会儿才道："崔略商，如果你落在我手里，必会死得很难堪。"

追命也沉重地点点头："我知道。所以我尽量不落在你手里就是了。"

大将军胸有成竹地道："但你们绝不是我的对手。"

追命也认真地道："万一我败了，先求自戕就是了。"

大将军瞳孔收缩，"要擒住你而不让你自杀，这才是件不容易的事。"

追命忽道："小心。"

他是对铁手说的。

铁手一惕："什么？"

追命疾道："他这样说着说着的时候，很可能会突如其来地作出攻击。"

铁手沉着地道："我知道。我防着，当蛇要突噬的时候，我也正等待机会击打在它的七寸上！"

大将军忽道："诚意。"

他这无缘无故、无头无尾的一句，宛似一记怪招，让人不知所措，难以接话。

第叁回
过招

世上一切事，都不一定有结果，结果也不一定是对的，而且今天的结果也不见得就是永远的结果。只求有结果的人，往往没有好结果。

大将军又说："诚意，是很重要的。"

这回是毛猛努力接话："对。诚意至要紧，一个人心诚则灵……你们要大将军饶而不杀，就得诚诚恳恳地向他老人家求情——"

大将军叱断道："温氏高手，前来臂助，为的是咱们之间的长远合作。可惜，近日来我这儿作探子、卧底、奸细的人，着实太多太多了，像这儿的崔兄弟就是一个。当然，也有许多给我杀了。但是，有时候也真是难分好坏，难辨忠奸的。"

然后他向铁手与追命道："温辣子，以'传染神功'名震武林。温吐克，以'瘟疫大法'称绝一时。你们今天算是幸会了，我也大可趁此开开眼界。"

他这话一说，温辣子和温吐克也无法再你推我让了。

温辣子苦笑道："吐老克，反正这一战是免不了了，谁上都是一样。"

温吐克见也不能再拖，就毅然道："好，我先上。"

他大步行出。

只见他很高。

比高大的大将军还要高出一个头。

他的额角很宽，皮肤却绷得很紧，嘴巴很大，笑的时候，隐约可见他的舌头盘在那儿，仿佛还非常的长。

铁手跨步而出。

临出阵，追命低声在他耳际说了几句："这是个人物。"

"他能忍气。"

"高手通常失于气高，不能容物。他能伴作惧战，自贬身价，使人小觑，造成疏失，如此沉着虚怀，这才是可怕之处。"

铁手点头，只说了两个字：

"谢谢。"

虽说追命只是铁手的师弟，但金玉良言，无分辈分尊卑，只要有道理的予以吸纳，那就受用无穷了。

追命闯江湖，要比铁手还多、还久、还长，所以阅历远比铁手丰富。

铁手很重视追命的话。

——也许就是因为这样，身经千战的铁手，还能活到现在，而且愈活功力愈高，愈来愈审慎沉稳。

铁手行了出来，跟温吐克打了一个照面。

他说："我来这儿之前刚刚跟令兄讨教了一番。"

温吐克冷冷地道："我有很多个哥哥，你指哪一个？"

铁手道："温吐马。"

温吐克马上目光一长："你从'朝天山庄'出来的？"

铁手道："令兄的'毒'，确有过人之能，令我大开眼界。"

温吐克冷哼道："你把他怎么了？"

铁手道："以他的武功，我哪能将他怎样？听说吐马哥的'毒'字毒虽然难防，但吐克哥的'瘟疫'更防不胜防，这可请手下留情了。"

这番话就算是敌人说的，无疑也十分动听。

温吐克笑了。

一笑，又让人瞥见那盘在嘴里的好长的舌头。

"好，你既然这样说了，我们就文斗吧。"

铁手已在早些时候"见识"过"文斗"：

——那是梁癫和蔡狂的大决战，单是"文斗"，已够天昏地暗、地动山摇了。

铁手微笑道："也好，文斗也许比较不伤和气。"

温吐克昂然道："反正，决战最重要的是结果，过程是不重要的。"

铁手道："世上一切事，都不一定有结果，结果也不一定是对的，而且今天的结果也不见得就是永远的结果。我重视的是过程。只求有结果的人，往往没有好结果。"

温吐克嘿然道："我们斗的是武功，不是口才。"

铁手即肃然道："却不知是怎么文斗法？请指示。"

温吐克笑了，舌尖真的在口里打颤："我们是朋友，对不对？"

铁手道："如果你当我是朋友，我也一定当你是朋友。"

温吐克伸出了手，红得鲜艳欲滴的舌尖已颤伸至上唇舔着："是朋友总可以拉拉手、握握手吧？"

他双手握向铁手。

铁手的手。

铁手忽然明白了。

——这不是握手。

而是过招。

——这种过招比真的交手还歹毒狠辣！

这种情形，在不久之前，铁手已曾经历了一次。

——那是温情对他的鼻子伸出了手指。

但那时温情并没有下毒。

（而今可不然了！）

——温吐克可不是温情!

但铁手没有闪开。

——该来的,总是要来的。

凡是该打的仗,就决不避战。

铁手反而伸出了手,迎向温吐克。

——还带着温和的笑容。

两人。

四手。

一握而分。

温吐克吐出了一口气,铁手双眉微微一蹙。

两人脸上依然带着笑容。

各自走回自己的阵容。

他们彼此已过了一招。

——世上,有些招数甚至是不必动手的。

有些用心、用脑、用计谋、用手段的交手,要比动手还狠、还绝、还可怕!

武林中人讲打讲杀,相形之下,比那些杀人兵不血刃、杀人于无形的机心阴谋,已经算是较光明正大、祸害不深的了。

第肆回

出招

——名、权、利、禄，是人就无一可免。得到的假扮天真，得不到的故作大方，说清高的话儿来自高身价，那才是真正的俗人！

两人交手一招。

过了招。

铁手沉着地走回追命身边。

追命噤声问："怎样了？"

铁手也低声答："他要把毒传入我手。"

"你是铁手。"

"我反震了回去。"

"他着了毒？"

"不。他趁我反震之余，在我脸上喷了一口气。"

"毒气？"

"是。"

"你中毒了？"

"我以'锁眉'之法，运聚内力，封锁了他的毒气。"

"所以他无功而退？"

"不是无功。我也感觉不大舒服，想吐。"

"严重吗？"

"没关系。总之不能呕出来。这时候不能输了气势。"

温吐克回到阵中。

温辣子马上用"毒语传音法"问："怎样了？"

"厉害。"

只这两个字后，好半晌，温吐克还说不出话来。

温辣子没有再问。

他只是说了几个字：

"做得很好，伤不要紧，要保存实力。"

然后，他就站起来。

——因为到他了。

到他出招了。

（这时候，温吐克的感觉却甚为凄苦。

他觉得五脏全都弹到脑子里去了，但脑髓却似填塞满于肺腑之间。

——那是好厉害的内力！

好可怕的内功！）

他本来还想挺着。

他强撑着。

站着。

——但只觉天不旋、地转，地不暗、天昏。

这比"天昏地暗""天旋地转"的感觉还要可怕上一些！

所以他忍不住坐了下来。

盘膝而坐。

运气调息。

但双目仍注视战局：

温辣子施施然而出。

他的双手一直拢在袖里。

他是有"六条眉毛"的人。

两条真的是眉毛。

剑眉。

两条当然是胡子。

浓胡。

还有两条是鬓。

——他的鬓毛很长、很黑。

笑起来的时候，他就像是六条眉毛一起展动：是"六条"，不是"四条"，更不是"两条"。

——两条眉毛，是谁都有；四条眉毛，武林中早已有了陆小凤老前辈。六条眉毛，便是他自己，武林中黑道白道上条条汉子数不清，但暂时还没有"八条眉毛"的汉子。

追命则喝酒，脚步踉跄，甚至已很有些醉态。

他望天。

天上有月。

皓月当空。

——他看月亮的时候仿似还比看敌人多！

他不但望月，还叫人看月亮。

——他叫的人还是他的敌人！

"你看，这月亮多美！"

"再美，也不过是月亮。"

温辣子剔动着六条眉毛："我不喜欢景，我喜欢人。尤其是女人。景太隔了，不像人，可以玩。我喜欢玩漂亮的和好玩的女人。"

"我就是喜欢它'隔'。万物有个距离，这才美。从她身上的一条毛孔去看那个女人，也不外如是：红粉骷髅而已。"

"你很不实际。"

"什么是实际？不妨一朝风月，何愁万古常空。"

"说得好，枯木里龙吟，骷髅里眼睛。"

"请。"

"请什么？动手？"

"不，喝酒。"

"喝酒？好！我喝！"

追命呵呵笑着，不知从哪儿摸出一口酒杯，递上给他，"我可不常请人喝酒。"

"承蒙看得起。有酒有月，总有歌吧？"

"好，我先且唱一首：

春有百花秋有月，

夏有凉风冬有雪。

若无闲事挂心头，

便是人间好时节。"

温辣子毫不犹豫，一口把杯中酒饮尽，喝完了酒，又马上把手拢入袖中，只吟道："你唱的有意思，我也来一首：

春花秋月夏子规，

冬雪沁人冷冽冽。

徐行踏断流水声，

纵观写出飞禽迹。"

追命抚掌大笑道："很好很好。"

温辣子亦拊掌笑道："过瘾过瘾。"

"再来一杯。"

"你有酒么？"

"有。"

"够么？"

"你要多少？"

"一坛。"

"一坛！？"

"至少一坛才够喉，你有么？"

"当然有。"

"在哪里？"

"你当它有，照样饮，那不是就有了！"

"哈哈……有意思，当它有就有，当它无便无——"

他们两人对饮畅谈，竟忘了交手的事一般，也浑似忘了身边还有个大将军。

大将军忽低啸了一声。

啸声方启，蛙鸣又此起彼落，聒噪人意。

追命饮尽一壶酒，低回地说："木马嘶风，泥牛吼月。"

温辣子接吟下去，并举杯邀月："云收万岳，月上中峰。"

然后他喟然道："我是身不由己。"

追命道："我也情非得已。"

温辣子道："酒已喝过了，歌也唱过了，月更赏过了，该出招了吧？"

追命叹道："对酒当歌，看来当真是人生几何！"

"不，"温辣子掷杯肃然掷道，"对你而言，是人生三角，而不是几何！"

"为什么？"

"因为你闻名天下的'追命腿法'！"温辣子望定他的下盘，一字一句地道："也就是独门绝技：'三角神腿'！今夜的一会，要比对酒当歌足可珍可惜！不在阁下'三脚'下讨教过，可真虚了此行，枉了此生哩！"

第伍回

收招

一个高手的苦心和用意，也要同样的高手才能体会感受。否则，你为他牺牲，他还以为你活该；你予以劝告教诲，他以为你折辱他；你给他鼓励和安慰，他以为你婆妈，那就白费浪费也误人误己了。

追命惨然一笑："名，真的那么重要吗？"

"不要问我这些傻话！"温辣子斥道，"这种蠢话，只有咬着金匙出生、未经挫败、没历风雨、幸福愚骏的人才会问得出口来！你去没遮没蔽的风雨闯一闯看！你到多风多浪的江湖跑一趟，准不成你就悔恨当年说的疯话和风凉话，凡是人都不会理睬！名、权、利、禄，是人就无一可免。得到的假扮天真，得不到的故作大方，说清高的话儿来自高身价，那才是真正的俗人！"

追命猛然一省，一脸敬意地稽首道："承谢。"

这倒使温辣子一愣。

"谢我什么？"

"教训得好。"追命诚态地道，"你肯教训对方，而且又教训得好，这已不算是对敌，而是交友了。所以我谢谢你。要是对敌人，你才不会教人训人——谁都知道，何必让敌人反省错误、教训促进？"

大将军终于按捺不住了。

他在喉头发出一声低沉的嘶吼。

——尽管低沉，连铁手听来也脑里"轰"的一响。

"你们到底是在交心，还是在交手？"

温辣子向追命一笑六扬"眉"地道："看来，我们今天的处境也很微妙，十分三角。"

追命眯着眼，不知在品尝酒味，还是对方的话味："哦？"

"可不是吗？"温辣子道，"明明是你们诸葛弟子和大将军势力的争斗，却因为我们想跟凌大将军合作，而致'老字号'温家要跟名捕的铁手追命决战。这不是三角之争是啥？"

追命笑道："人生总是这样。哲理上，我们总希望是圆融的，但事实上，多成了三角：要么好，要么就坏，不然就得不好不坏；或是忠，或者奸，否则便得不忠不奸。总有一样。"

温辣子双手渐渐、慢慢、徐徐、缓缓地自袖里抽了出来，道："且不管圆的方的三角的，咱们今天都免不了动这一场手了。"

追命注目。

为之侧目。

他看到了对手的手。

一双十指、掌沿、手背、臂肘都嵌满了刀／锯／叉／刺／针／剑的手。

——一个人当然不会天生是这么一对手。

这想必是在手伸入袖里之时装置的。

这双手无疑完全锋利，无一处没有杀伤力。

铁手乍见，只巴不得出手的是自己。

他是铁手。

他渴望遇上这样一对绝对是武器而不是手的手。

——这样一位高手！

他忽然明白了追命坚持让他战温吐克，而自己斗温辣子的原因了：

——那是"下驷斗上驷"之法。

春秋战国时代，孙膑与庞涓同在鬼谷子门下受业。庞涓一旦得志，知道只有孙膑能制得住自己，所以设下陷阱，布下冤狱，把孙膑下在牢里，弄残双腿。后孙膑装疯，才能得免不死，后投靠于齐国大将军田忌。是以孙子膑足，而后兵法。当时，公子哥儿也嗜赛马，田忌手上虽有名马，但几乎每赛必遭败北。孙膑便授计，致令从三战三败改为二胜一败，反败得胜。

——那便是把自己的"下驷"（劣马）斗人的"上驷"（良驹），如此先输了一阵，让别人志得意满之时，以自己的"上驷"斗人家的"中驷"，必取胜，这时，对方只剩下了"下驷"，斗自己的"中驷"，只有败北一途了。

追命当然不是"下驷"——但他却要铁手斗温吐克，较能轻易取胜，如此才能留得实力，决战凌落石！

这是追命的苦心。

也是他的用意。

—— 一个高手的苦心和用意，也要同样的高手才能体会感受。否则，你为他牺牲，他还以为你活该；你予以劝告教诲，他以为你折辱他；你给他鼓励和安慰，他以为你婆妈，那就白费浪费也误人误己了。

仍盘膝而坐调息的温吐克很振奋。

——他也许久未见"辣子叔"出手了！

温辣子在"老字号"温家，地位仅次于四脉首脑，即制毒的"小字号"首脑温心老契、藏毒的"大字号"温亮玉、施毒的"死字号"温丝卷、解毒的"活字号"温暖三。温辣子是"死字号"的副首脑，地位就跟"三缸公子"温约红是"活字号"的副首脑一样。

他自下而上，看见两人的交手：

追命的脚法很快。

也很怪。

他一面施展轻功，一面出脚。

脚踢肩。

左肩。

再踢胁。

右胁。

然后踢头。

额。

之后他就一连串出击。

踢（右）太阳穴。

踹（左）膺窗穴。

蹴（中）期门穴。

总之，是一左、一右、一中，或一前一后一正面，抑或是一

上、一下、一正中。

——都是三脚。

出击的角度也是"三角形"。

温辣子则没有主动出袭。

他等。

他只攻击追命的攻击。

也就是说，追命的脚踢到哪里，他的手就在那儿等着他。

他的手的利器。

——说来奇怪，他仿佛只求剪／刺／划／捺／掀破追命皮肤

上肌肤一点点伤口，他甚至要挨上一脚都心甘情愿似的！

他只求伤敌。

——哪怕只是微伤。

他甚至不惜先行负伤。

——这是为什么呢?

铁手是这样疑惑着。

——追命却也似很怕给温辣子割破划伤似的,只要一旦发现温辣子的手在哪个部位上,他立即便收足、收招、远远避开。

这样打下去,他竟变得收招多于发招了。

温吐克当然不是这样想。

他也当然明白内里的原因:

因为追命不能伤。

——只要皮肤／肌肉／任何微细血管给划破了一点点——哪怕只一丁点儿——只要见了血——哪怕是那么一点点的血——敌人就得死。

——而且是抵抗力逐渐消失,身体上一切抗拒和吞噬外来病菌的免疫能力慢慢失去了功能,便别说给人杀害了,就算一场伤风、感冒、咳嗽,也会要了这中了"传染"者的命!

这是一种"毒"。

—— 一种透过血、伤便能侵入敌手体内、无药可治的"毒"!

第陆回

毒招

人不止杀人，人也一样放火烧山、烧房子，见飞禽走兽都杀，不一定为了御寒充饥。人杀人害人从来不问情由，只为心快，"莫须有"本身就是理由。

追命急跃于空出击

温辣子沉着应战

追命身形闪动出腿

如风每一轮腿法便

是三脚或三角扇形

攻下居高临下力攻

温辣子只盯着敌

人的脚他的手往

敌人攻来处刺插

过去便逼退来势

两人一上一下激战着。

追命久战不下，忽而落地。

这次到温辣子跃空而起，上下倒转，双手却疾向追命上三部戳刺，形成了这样的一种格斗：

倒全完子身子辣温

指十手双来过了转

向攻着烁闪器利的

疾迅极且集密命追

追命镇定从容应

战双脚踢过头顶

就像一双手护在

上盘应战温辣子

从盘坐望去的温吐克所见是这样的：

脚的小小双一有却头的大大颗一有子辣温

追命有一颗小小的头却有一双大大的脚

这等互拼殊为罕见。

两人的优劣也明显互见：

追命的腿法是惊人的：一双腿，可变作手，变成武器，甚至可以变为任何兵器、在任何角度以任何方式出击。

温辣子则毒。

他的利器谁也不敢沾。

他的招杀伤力似乎很小。

但很怪异。

而且很毒。

毒招。

这时落山矶下急掠上来一人。

——当然是大将军的人。

而且还得要是心腹手下。

——否则，谁可以在"三十星霜""七十三路风烟"和"暴行族"的重重包围、防卫下能如此直入无碍？

来的是杨奸。

只听他一上来，就向大将军禀报：

"报告大将军，苏师爷已在'四分半坛'顺利截住冷血，也找到小刀姑娘和小骨公子了。"然后还在大将军耳边低语了几句。

铁手听得心下一凛。

就在他没注意场中交战的片刻，突然响起了一声金铁交鸣的巨响，场里双方都起了极大的变化，而且还自交战中陡分了开来。

那是因为追命的脚，终于踢上了温辣子的手。

或者说是：

温辣子的手终于逮着了追命的腿。

两人都没有闪开。

——这下子，两人都在硬拼。

"咣啷"的一声巨响，便是在那一下碰击中发生的。

然后，两人都住手。

翻身，

　　闪退后边。

　　退

　　　一

　　　边

　　　　。

温辣子满手都是利器。

而且都是沾毒的。

剧毒。

—— 一种见血就会破坏一切免疫能力和抗菌系统的毒。

追命那一脚就砸在他的手上。

也等于是踹在一堆利器上。

——结果呢？

追命的鞋子给割破了。

布袜也给划开了。

但没有血。

不见血。

温辣子退了回来。

温吐克起身要扶持他。

温辣子很傲，一闪就避过了，不让人扶持。

温吐克忍不住："怎么了？"

"手疼。"温辣子皱着六条眉毛道，"好厉害的脚，像是钢铸的，竟伤不了他！"

语意甚为恨恨。

忿忿。

显然双方都没讨得了好。

这已战了两场：铁手对温吐克那一役，明显是温吐克吃了亏；追命战温辣子这一场，则像是扯了个和——要不是温辣子自己心里知道双手给那一脚震得已一时动不了手的话。

"两位辛苦了。"大将军热烈地走前去，搂着温辣子和温吐克的肩膀道，"太辛苦你们了。"

"辛苦不要紧，"温辣子苦笑道，"但还是没有战胜。"

"他们的武功招数我也摸个七七八八了，"大将军满怀信心、胸有成竹地道，"让我亲自来收拾他们吧。你俩的任务已完成了。"

说着，在笑声中，他左手"喀嚓"一声竟扭断了温吐克的脖子。

右手也一扭，"啪嘞"一声，温辣子的头也给拧得完全转向颈后来！

就在这时，温吐克吐了一口血！

血迸喷向大将军。

血腥。

——一种特殊的比死鱼还腥的臭味。

大将军陡然卸下身上的袍子。

他用袍子一拦。

急退。

——急退不止因为血雨。

还因为温辣子负痛下的反击。

他手上有两枚利器——一把小剑、一把齿锯——已弹了出来，射向大将军！

大将军一面疾退、一面在争得的距离中，以碑石一般的手掌，将温辣子的暗（利）器拍落。

然后他才顿住。

第柒回

阴招

阴招比毒招更可怕。

毒招只毒。

阴招却比毒招更难防。

阴招比毒招更可怕。

毒招只毒。

阴招却比毒招更难防。

温吐克已倒了下去。

他至死还瞪着眼。

他不相信他竟就这样死了。

然后就死了。

——也许，还来不及知道自己死就死了，也是一种"安乐死"，总好过长期病卧、受尽疾病衰老的折磨，才奄奄一息地死去。"突然死"虽然意外，而且不甘心，但也死得快、死得舒服。

不过，温吐克毕竟是温家好手：

——他死前仍喷出了"血毒"。

惊退了大将军。

温辣子没有马上死。

——虽然他的脖子已给扭到后背来，但他居然仍说得出话来："……为什么……你要这样做！？……"

语音甚为干涩。

"因为你们既属于'老字号'的人，就无心无意要帮我'大连盟'，迟早必生二心，留有何益？"大将军居然神色不变。像做了一件日常生活里洗脸剔牙嚼花生一般的平常事儿，"而且，苏师爷已跟我说了，你们来得这么迟，不仅是没诚意要助我对抗四大名捕，主要目的还是想和我交换那秘密法子！但你不先说，我也不先告诉你。这法子，你有，我也有。不过，我已探得在'老字号'

也只有你晓得，所以，我不妨杀了你，虽不知晓你的法儿，但只要灭了口，就剩下我的法子，谁也奈不了我何了！"

他哈哈笑道："刚才我观战了那么久，终于认准了你们的弱点和破绽，这才能一击得手，而且一箭双雕，一石二鸟，一掌杀二人，还可以嫁祸给神侯府，使老诸葛又多上了门温家强敌！"

温辣子喘息着道："你……枉你为……大将军……一盟之主……这种背信弃义的事……都做得出来……"

大将军像听到天底下最可笑、好笑、值得笑的事一般大笑道："就因为我是一盟之主，也是主帅大将军，还是山庄庄主，我才一定要做这种事——否则，就是别人对你做这样子的事了！"

这陡变发生得委实太快。

连铁手和追命都不及阻止。

一事实上，他们也断断意想不到，大将军在未向他们出手之前，竟会向自己人下手的。

而且出的正是阴招。

下的是毒手！

他们目睹，也不寒而悚！

他们更认清楚了眼前的敌人。

那不是人。

而是禽兽。

"虎毒不伤儿"，但大将军杀恩人、杀子、杀友，连老婆夫人宋红男都不知给他掳到哪儿去了！

杨奸也不禁变了脸色；他看着地上温辣子和温吐克的骸首，

也不免微微颤抖。

大将军斜睨着他，唇角仿佛也有个倾斜的微笑：

"你怕？"

杨奸还未回答，于一鞭已发话了："将军，你请苏花公老远把'老字号'温门几名好手好不容易地请了过来，却是这样杀了，这，有必要吗？"

大将军哂然道："你这样问，那就错了。试问人与人之间的斗争，有哪几件是必要的？大家其实可以有饭吃，有房子住，有妻儿子女，那不就很好了吗？又何必出兵打仗、征战连年呢？可是仗还是照打，弱肉强食，大国拥有无限土地，还是并吞小国。其实岂止于人与人之间相争如此！海里的大鱼不也吞食小鱼，天空飞鸟不也一样食小虫！人不止杀人，人也一样放火烧山、烧房子，见飞禽走兽都杀，不一定为了御寒充饥。人杀人害人从来不问情由，只为心快，'莫须有'本身就是理由。"

于一鞭板着脸孔道："可是，岭南广东'老字号'也不是等闲之辈，他们人多势众齐心协力，你又何苦去捅这个马蜂窝？"

大将军用粗大的拇指指着他自己粗大的鼻子，粗声大气地道："不是我先捅他们，是他们先捅我。"

看他的神情，他没用下身粗大的阳具指向于一鞭，已算很客气的了："你问他看看：他们摆明了是来跟我助拳的，但温情一上阵就放铁手出'朝天山庄'，温小便、温吐马都没有尽力出手……你说，这些人不趁他现在老老实实的时候杀，难道等他不老实的时候才给他宰了嗯？！"

铁手和追命不禁不约而同地望向杨奸。

杨奸垂下了头：

话是他说的。

因为已到了危急关头。

——他不认为凭铁手和追命二人之力，就能应付了大将军和大将军麾下的一众高手！

于一鞭铁着脸色道："他说的你就相信？！"

"宁可杀错，不可放过；"大将军龇着白森森的牙齿，森然道，"杀过一万，总好过放错一个。——何况，杀这些姓温的家伙，传出去之后，是铁手追命下的手，不是你我……他们不正是千里迢迢地赶来帮我们对付这些吃公门饭的鹰犬吗？让岭南温家这大家族跟诸葛小花这六扇门的祖师爷去拼个你死我活吧！"

于一鞭叹道："大将军，你最近杀气实在是太大了。'屏风四扇门'这种武功，就算是绝世之才，每一扇门的功力也得要练一甲子方可——"

大将军脸色一变，叱道："六十年？！那我练完'四扇门'，岂不是要练到两百四十岁！你能活到那时候看我练成吗？"

于一鞭仍沙哑着声音道："可是大将军你已练到第三层了啊，加上你的'将军令'，已足可天下难有匹敌了，何苦硬上第四扇门，徒惹魔头反啖，引火烧身，以致戾气发作，不可收拾，一至于斯呢！"

第捌回

高招

世上有一种人，只知道利用朋友，而不许朋友利用他；只知道要求朋友，不给朋友要求回他。

大将军脸色一沉，咄道："百尺竿头，更进一步。学如逆水行舟，不进则退——你想我就此放弃，前功尽废么？'屏风四扇'，我既已用二十七年光阴便练就了别人修习三扇门功力所需的一百八十年修为，这最后一扇，我也一定能更上层楼、自行突破，你少担心。"

于一鞭冷然道："你自己就不觉察？从不担忧？要是，你也不必私下策划筹组'走井法子'了。"

大将军的牙龈突地格的一响。

铁手忽觉双手拳眼一麻。

追命却觉两足脚眼一疼。

然后他们这才发现大将军目中杀气大现。

——那是一种青色的眼神，散播着绿色的仇恨。

只听大将军阴森森地道："于一鞭，你好！"

于一鞭满都是皱纹的脸现在更满脸都是皱纹："大将军，我是好意——"

"你还真好心——"大将军又在摩挲他的光可鉴人的前额，仿佛在那儿还可以拍出火花来，"于一鞭，你不老实。"

于一鞭苦笑道："我只是在说真话——放手吧，大将军，我们都不是些什么伟大的人，但却还是有着伟大的爱，只要你肯付出——"

"真伟大，伟大的空话！"大将军盯着于一鞭的脸，仿佛可以透视他的脑，截道，"你是怎么知道我在练'走井法子'的？"

于一鞭惨笑道："最近犯在你手里的人，你都喜将之剁切宰割、腌于酱缸里，加上近日这儿蛙鸣如此猖獗，蛙群又有这般不正常的现象，你的脾气又如此火躁，还有全城失踪了那么多的技师与工匠，加上一些其他的蛛丝马迹，我跟你相识已数十载，没理由猜不出来吧！"

"你倒关心我。"大将军换上了一副笑脸，更令人不寒而栗，"你岂止与我相识，还十分相知呢！我倒一直小觑你了，高招！高招！高明！高明！"

于一鞭的皱脸简直像全打上了褶、纫上了骑缝一般，仍沙涩着语音道："我不管你怎么想，但你昵近小人而远君子，连以往的精明谨慎也荡然无存了！这是魔功反扑，你还不自知，再不加收敛，只怕悔咎莫及了！"

大将军冷笑道："对，是不够小心，确是差一点就噬脐莫及。"

于一鞭语重心长地道："你身边就有狼子野心的人，一直在你身旁伺机下手，你却一直不以为意。"

大将军眉骨一耸、眼角一剔，却笑了起来："这句倒是真话。"

杨奸笑道："他说的当然就是我了。"

大将军乜着眼道："你的样子的确像小人。"

杨奸奸奸地笑道："我名字都叫'奸'，当然是奸的了。"

大将军转首向于一鞭道："可惜我一生人，都喜欢亲小人而远君子。"

于一鞭几乎给气歪了鼻子，只沉重地说："我知道你怎么想，也知道你现在是怎么想我！大将军，近年来你的朋友已愈来愈少，而敌人却愈来愈多了，可知道为什么？"

"谢了，我根本不想也不喜欢知道为什么，而且，我也一点儿都不认为我的朋友少了——我的名声权势一天比一天壮大，可曾看过势力日壮的人身边会日益没有战友的？我更一丁点儿不当我敌人多是件坏事：像我这样的人，自然树大招风，这正是我势力扩张的反证!"

他笑哈哈地拍着杨奸的肩,笑道:"有人在离间我们。"

杨奸也哈哈笑道:"看来,你我都中计了。"

铁手和追命都为杨奸捏一把汗。

他们都不知道大将军会不会猝然发动,忽下杀手。

而偏生大将军这个人又是在什么时候和什么情形下对什么人都可以猝下毒手的人。

——这种人不但可怕,简直是防不胜防。

他们可不愿见杨奸像温辣子、温吐克一样,血洒当堂。

他们可都提心吊胆。

他们都心里佩服:

——杨奸居然还笑得出来!

杨奸其实是笑在脸上,苦在心里。

——温小便、温吐马、温情他们都没有反叛大将军。

他故意误传了这个消息,先行缓一缓局势,让大将军对温辣子和温吐克生疑,也许就可暂缓一步对付铁手追命。

不意大将军一上来就下了杀手。

一下子就杀了两人。

——就像早有预谋。

杀掉两个在两广素有盛名的温氏好手,尚且脸不改容,何况是对付自己。

可是他又不敢逃。

——逃得掉吗?如果大将军已准备下手,一逃反而不打自招、自绝活路!

只听大将军冷笑道:"好计,好计!"

杨奸也干笑道:"妙计!妙计!"

大将军笑容一凝。

全场的呼吸似都给凝结住了。

大将军偏着光额去问于一鞭："你还有什么绝计？"

于一鞭的眉心蹙出了一支深刻的悬针纹："你不相信我的话？"

大将军豪笑起来。

笑若夜枭。

他大力地拍着杨奸的肩膊道："你们休想离间他和我！你可知道他是我的什么人？他可是我的义弟，也救过我命——当然，我也救过他的性命！我们既然有过命的交情，你们要挑拨离间，那也枉然了！谁说我凌落石没有朋友？谁说我不讲义气！？杨奸就是我的朋友，他跟我便是义气之交！"

于一鞭摇摇首，深吸一口气："看来，你是不相信我的话了？"

大将军厉瞪着他，清晰粗重地说："要我还相信你，除非你先替我宰了这两个狗腿子！"

"好！"于一鞭终于毅然免不了忍不住抽出了他的鞭，"既然你横的竖的都不相信我，我杀了铁手追命你也绝不会放过我，我这儿就先跟你决一死战吧！"

他竟要与凌落石大将军决战！

稿于一九九一年九月六日马来西亚大学主讲"一时能狂便算狂——写作的要害与要诀"

校于同年九月七日与耀德受邀于"南洋商报"主讲"廿世纪华文文学的趋势与辩证"

修订于一九九一年十月廿一日

温、梁、何、忠、罗五人赴台，出席"当代台湾通俗文学研讨会"及"中国文化发展座谈会"

怕失败的人永远不成功。一个真正成功者的特色是：不是从未败过，而是善于／敢于／擅长于反败为胜。

[第五章]

水虎传

第壹回

狠招

一个真正的大人物，理应是喜怒无常但也喜怒不形于色的。做大事的人物，本就该让人高深莫测，难以观形察色。

大将军深吸了一口气。

有"大道如天"这样的对手他也心头沉重，心情更不好过。

"你终于还是露出了狐狸尾巴了，在我跟你相交二十五载，还以为你守得住，不逾矩，可以重任。"

他斜睨着于一鞭，他的话和眼神一样，也如鞭子。

然而在他这样说的时候，他心里也不无悔意，但是他不是对他自己的所作所为后悔，而是后悔自己太沉不住气，以致不能不动声色就置于一鞭于死地。世上有一种人，只知道利用朋友，而不许朋友利用他；只知道要求朋友，不给朋友要求他。大将军无疑就是这种人！

（又一个背叛我的人！

我为什么要把他迫成这样子！

——看来，他本是不想与我公然为敌的。

为什么会闹到这样子？叛逆我的人，一个又一个，难道我已众叛亲离？

红男一再叮咛、劝诫过我：再这样迫下去、杀下去，我将会一个朋友、战友都没有！

我讨厌她的啰嗦！

——可是怎么啰嗦都好，她劝的，我还是可以听得进去的。

因为只有她不会害我！

因为我是她的丈夫！

因为她是我的夫人！

——如果她要害我，早都害了！

——如果我要杀她，早都杀了！

她虽然把收养冷小欺的事瞒着我，那是女人之愚，也是妇人之仁：竟以为养大成人的仇人之子就不会找我报仇！

——天下没这般便宜事！

——他今天不恨你，难保有日不会因为鸡毛蒜皮的小事怀恨你！

——他今天不杀你，不等于老了的时候也不杀你！

与其为自己一手抚育长大的人所杀，不如自己先下手为强。

别怪我狠。

不狠的人永远上不了台面。

——在江湖上心不够狠的人更活不长命。

——在武林里手段不够辣的人只有给人施辣手的份儿！

可是再辣手，也不能砍掉自己的手。

——我的手下已一个个给我"清除"掉，就像一个人失去了手足，脑袋瓜子再厉害也成不了大事！

大事不妙！

连于一鞭也造反了！

——他是我逼成的吗？

——是我做错的吗？

——都是我的脾气误事！

怎么近日我完全抑制不了脾气？

我老了？

我累了？

还是我所习的武功，使我脾气变得愈来愈暴躁，愈来愈难以自抑？

这该怎么办？

——"屏风四扇门"已将近冲破最后一扇门了，决不能半途而废！

——"走井法子"眼看大功告成，更不可前功尽弃！

我要强撑着！

——尽管孤独、无奈。

本来，一个真正的大人物，理应是喜怒无常但也喜怒不形于色的。

做大事的人物，本就该让人高深莫测，难以观形察色。

但我最近不成了。

——大喜的少。

——大怒的多。

——喜怒无定如故，但俱形于外，乱于中。

这不大妙。

大大的不妙。

我到底是干什么来着？

我怎么失去了往常定力？！

我究竟是犯了什么邪了！！

——不行，有机会，得还是找红男问问。

只不过眼前是一关：

于一鞭这家伙，竟在这要命的关头，给我这一记狠招！

——他若与追命铁手联手，我这可背腹受敌！

这招虽狠，但我自信还是应付得了。

因为我是大将军。

因为我的"屏风四扇门"已接近最后一扇了。

因为我会"走井法子"。）

于一鞭的样子很苦涩。

向来，他的表情都很苦情。

"我不要叛你，我这样是你一手造成的。我再不反你，你也一定会把我清除掉，你是迫虎跳墙。"

"少卖清高！"大将军仍以他一贯的咄咄逼人、理屈气壮地道，"世间所有的反贼都不会说自己不顾道义，而会推咎是官逼民反，迫上梁山——谁会说自己只为权为利誓死周旋而已！"

于一鞭惨笑道："我确是逼不得已！"

追命见于一鞭很有些愁惨的样子，上前一步，道："于将军，势已至此，无可挽回，咱们就联袂一战凌落石，谁也不必怕谁！"

于一鞭却横退了一步，横鞭横目横声叱道："我反大将军，是他逼我的，我可不能引颈受戮。但我跟你们也不是一伙的。咱们仍不是朋友！"

这句话一说，大出大将军的意外。

铁手只觉对这满脸铁色苦面愁容的人肃然起敬，拱手道："好，真是大道如天，各行一边。你反你的大将军，咱们拿咱们的凌落石。"

追命却一笑道："于将军，你又何必着相呢！这一来，咱们这可成了三角演义，各自为政而又相互对峙了。这可谁都没讨着好处。"

于一鞭却瞑目瞪向杨奸："怕只怕断送给渔人得利虎视眈眈的司马懿！"

于一鞭退了三横步，使落山矾岗上的局面变成了：

狼
招

鞭
一
于
大将军的"三角形"。
追
命
铁
手

着招

　　敌人的攻袭还可以忍受：因为敌人天生就是要跟你对敌的；但朋友的出卖最不好受：因为朋友本来应该是跟自己一同来对付敌人的！

　　大将军见于一鞭不肯与铁手追命同流合污，并不沆瀣一气，也觉得颇为意外。

　　"他们的师弟冷血杀了你的子侄于春童，你应该找他们报仇才是！"

　　"我知道春童的性子。他是咎由自取，冷血不收拾他，我也会教训他。"于一鞭涩声道，"于春童也不姓于，他原是以前曾副盟主的儿子，我因念旧义，怕你也对他赶尽杀绝，所以认他为子侄，他便改姓于，希望你不察觉，留他的命。可是他屡受历劫，性情大变，想找你报仇又实力未足，所以把杀性戾气却发泄在别人的身上，这也都是你造的孽，那次如果不是我也赶来这儿，包围这里，恐怕你一旦得悉凌小骨不是你儿子后，你连红男母子也会下毒手，不放过吧！"

　　大将军一下子又暴怒了起来，喝道："你少说废话，少来管我的事！今晚你到底要站在哪一边，再有犹豫，我要你死得比曾谁雄更惨百倍！"

　　这句话一出，于一鞭的脸色更是难看，只说："如果我真斗不过你，会在你下手之前自戕。一个人死了以后你要把他的尸体如何处置，那就没啥大不了的了，反正对死人而言是没损失的，就随你的意吧。"

　　其实那句话一出，大将军自己也吃了一惊。

　　他说过不要再发脾气的。

　　但他又发了脾气。

　　——刚才那句话，足以使于一鞭再无退路。

　　没有退路、不留余地之后会怎样呢？

　　势必反扑，不是你死就是我亡！

他又何必把人逼到这样无路可走的地步呢？

他大悔。

但听到于一鞭这么一番视死如归、死又何妨的话，他又勃然大怒，忍不住就说："你倒潇洒，一死了之，但你的儿子、女儿，可都还在我手上，却给你这番不识时务的气话连累死了。"

于一鞭的脸容似是给人抽了一鞭。

也像着了一招。

大将军爆出了那一句，自己也吓了一跳，深觉失言。

——话这样说了出去，是仇恨似海、不死不休了。

他本想找补，但见一向讳莫如深的于一鞭，脸上流露了一种中招、悲恨莫已的神色来，他又觉得颇为痛快。

——终于把这老狼给拔了尖牙了！

于一鞭闷哼一声。

他像吞噬了什么，消化得颇为辛苦。

"当日你说是栽培小儿小女，其实，是把他们引入庄内，当作人质，是也不是？"

"你不能怪我。我没有看错。要不然，你早就了无惮忌了。"

"当日我把玲儿、投儿送入朝天门之时，也曾揣测过你的用意。但没有办法。我不从命，你岂能容我至今！"于一鞭沉声一字一句地道，"但他们是身在朝天山庄里，不是在你手上！"

大将军哈哈大笑。

额头发亮。

牙发亮。

眼亮。

"都一样！"在山庄里，大将军上下排牙齿也足可叩出星花来，"跟落在我手里，还不是一样！"

"有点不同。"这次，于一鞭的话也像鞭子一般地回抽了他一记，"你现在还在山上，不在庄内。"

大将军自然明白他的意思。

——落山矶是于一鞭的地头。

他的军队驻扎在这里。

如果大将军根本回不了"朝天山庄"，即又如何加害于玲和于投？

看来，这情势已无可挽回了。

于一鞭已豁了出去。

他已和大将军对上了。

大将军平生最恨的，就是人家对他的不礼貌、不尊敬。

——于一鞭公然不受他威吓，还反过来威胁他！

他现在对于一鞭的恨意，恐怕还要远超于对铁手和追命。

他恨死他了。

他本来有机会不动声色地杀了于一鞭：那一次，他约于一鞭到山上来谈，就大可动手杀了他。

但他杀的朋友也着实太多了。

杀得几乎已没有朋友了。

他总要留下一个朋友，来为他骄人的成就而喝彩，来证实他也有不出卖不背叛他的老友的。

这一念之仁，使他不忍心清除掉这股根扎得愈来愈深的势力。

而且已日渐壮大。

他看于一鞭老实。

所以才着了招。

他恨不得马上杀了这个人。

——没有人可以背叛我！

——没有人能对抗我！

——谁背叛和对抗我就先杀谁！

敌人的攻袭还可以忍受：因为敌人天生就是要跟你对敌的；但朋友的出卖最不好受：因为朋友本来应该是跟自己一同来对付敌人的！

所以他比较之下，恨追命要远甚于铁手！

——因为追命曾是他的"部属"，虽然那是为了要卧底，接近自己。

但他最憎恨的仍是于一鞭。

他恨得忍不住还说了出来，说得犹如一声呻吟："上次，我就早该杀了你。"

于一鞭木然道："你知道我为什么答允跟你私下相见？"

大将军怒笑："因为你暗恋我！"

于一鞭一点、一丝、一丁儿笑容也没有："因为地点是我定的。"

大将军有些惊觉："我也着'三十星霜'查过，这儿没有陷阱。"

于一鞭道："这里是没有埋伏。"

大将军道："你有人手把这儿大包围，但我也带了不少精英好手来，你有人，我有。你有武功，我更有，你有奇策，我也有良谋。我岂会怕了你？"

"不。"于一鞭道，"有一样事物是大家都没有的。"

大将军一愣："我有财有权有势，我还有什么没有的？"

"不是你没有，而是这儿没有。"

"没有什么？"

"水。"

第叁回

吃招

——可是有什么比语言伤人更甚呢（除了文字）？往往争吵就是因为这样，初时本无什么不共戴天之仇，但你一言我一语地吵着吵着，自然就有十冤九仇了。

"这儿没有水。"于一鞭说,"你没察觉出来吗?这座山头完全没有水,没有水源。"

大将军目光一寒,这次可真像是挨了一招。

而且还是狠的。

——相当狠的一招。

所以他立即反击。

用语言。

"姓于的,只要我下得了这座山,我就要你绝子绝孙!"

话是说出去了。

这次大将军没有后悔。

一点也不后悔。

因为他已生气了。

他已给激怒。

他已必杀于一鞭!

因为于一鞭伤害了他的尊严。

——可是有什么比语言伤人更甚呢(除了文字)?

往往争吵就是因为这样,初时本无什么不共戴天之仇,但你一言我一语地吵着吵着,自然就有十冤九仇了。

说了那句话,大将军仍不心足。

他左手一揳,亮出一支旗花箭。

于一鞭一看,仿佛看到自己脖子上挂着一条毒蛇。

他深吸了一口气,身体略向后仰。

谁都知道他不是要往后退,而是想要扑上去,去强压那一支一擦即冲天飞射的旗花箭。

"没有用的。老芋头，你再厉害也阻止不了我发出这讯号。"大将军仿似看见敌人的脖子已扼在自己手里，自是得意非凡，"我的讯号一旦发出去，朝天门的人会立刻宰掉你的儿子、女儿，而且还用最残忍的手法宰杀他们——告诉你，这远比杀猪宰牛还刺激得多了！我可以保证：一定鬼哭神号，呼爹唤娘的！"

他觉得自己又把话说尽了。

仇又结得更深了。

——他从前可不是这样子的啊！

初出道的时候，他可以说是极讨人喜欢的，他喜欢称赞人，使人全心全意为他卖命。他常施恩惠，让人为他效死。他至少懂得在什么时候说什么话：最少，敌人的命还不是在他手上的时候，话，是不该说尽的。

（为什么自己会变得这样子的呢？

是因为自己的武功练得有恃无恐，还是因为习这武功而使自己心浮气躁呢？

管它的！反正以自己的武功，稳胜，至少，于家两个后人小命在自己手上，先恣意折腾这老芋头一番再说！）

追命忽然说话了。

他问于一鞭："你如果一对一去格杀大将军，有几成胜算？"

于一鞭居然也真的想了一阵子，认真地答："三成。"

追命也居然问了下去："要是他'屏风四扇门'都练成了呢？"

于一鞭："一成也没有。"

追命："如果你跟我们两人一起联手呢？"

于一鞭摇头。

追命不信："半成也无？"

"不是。"于一鞭说："而是因为我不会也不能跟你们联手。"

追命："反正都是对敌，你就算不与我们并肩作战，也一样跟他敌对。联手若可制胜，何故不联手？"

于一鞭："因为我跟你们不是同一伙人。如果我过来跟你们一齐对付他，在皇上那儿我就说不过去了。"

——于一鞭原是天子派来屯兵领军的，如果他跟追命铁手联战大将军，那就变成皇帝和太傅一起对抗蔡京派系的人，这就几方面都说不过去了。

事实上，诸葛先生能一直与权倾朝野的蔡京相垺多年，也未尝不可说是皇帝赵佶有心促成的。

——只有派系相互对垒才能取得势力上的平衡，那皇帝就大可永保帝位、安枕无忧了。

赵佶平时好玩乐，不理朝政，看似荒淫可欺——荒淫是荒淫，但荒淫不一定可欺，像赵佶能对书法游艺如此精擅的人，小聪明是一定有的。就算没有，他身边有的是聪明人，就只看这些聪明人要把才智用在（骗他还是帮他）什么地方。

是以，于一鞭是不便加入铁手、追命这一边，对付大将军。

再说，他跟蔡京的渊源也很深。如果跟这当朝大佬的关系不够密切，他也不会能在蔡京眼底一直升到天子门下去了，更不能在这位居要冲之地领军制衡凌落石了。

于一鞭更不欲与蔡京为敌。

所以他得摆明了：是凌落石逼他反击的，而不是对抗大将军背后的势力！

这一点，在官场上，要分得很清楚。

在江湖上，也要格外小心。

——很多人就是礼数不足，触怒小人，他日当真是死得不明不白，败得不清不楚，有冤无路诉。

年轻人许是还不知道这个。

——世上原就除了恃"势"／"权"／"财"／"才"傲物之外，也一样有恃"年轻"傲物的。

他们以为天下是他们的。

甚至他一人的。

可是于一鞭当然不会这样想。

他很沉着。

但不愚蠢。

他已上了年纪。

他就算不是狐狸，也是狼。

——在武林中历风历霜久了，一定的狡狯，是必然有的。

追命年纪也不小了。

他是"四大名捕"中年岁最大的。

所以最明白事理。

因此他立即懂了。

"但我还是有不懂的。"追命说，"这山岗有没有水，为什么会那么重要？"

于一鞭欲言又止。

追命转了个话题："你向他攻袭，也不过只有三成胜算。如果你还要先得抢夺他手上随时都可以发出去的旗花火箭，那岂不是至多只剩下了一成胜机？"

于一鞭道："也许还没有。"

追命道："除非你不先去抢他手上的箭炮。"

于一鞭："可是我已没有选择。"

——因为他的孩子在人手里。

追命笑道："如果你的孩子已全来了这里，而且还在你麾下高手的保护下，你还抢什么火箭旗号预先庆祝过年不成！"

于一鞭不解。

但旋即他就完全明白过来了。

因为已经有人在叫：

"爹！"

"爹爹！"

一队红灯笼闪闪晃晃，于玲和于投——于一鞭的两个孩子———起出现在高岗上。

带他们上来的是马尔和寇梁。

后面压阵的当然还有于一鞭手下的军士们，其中包括了他的副使"快手神枪"招九积。

大将军一看，登时笑不出来了。

犹如吃了一招。

第肆回

绝招

真正的高手，定必是寂寞的。他们身
在高处，难得听到剀切的批评。尤其这是
敌人；而且这敌人还是多年战友的评语。

这次，大将军和于一鞭异口同声地道："……怎么——？！"

追命道："冷血陪小刀、小骨等候将军夫人，铁手师兄闯朝天山庄接凌夫人，我呢？我不能光闲着领闲俸，总有些事可干呀！"

铁手这回接道："我们都只是幌子。三师弟一向深谙人情世故，洞悉世事变异，所以前来劝于将军弃暗投明之前，先把令公子、千金接来帐营，以策万全。"

于一鞭倒抽了一口凉气："……如果我不是对付大将军，他们岂不是也给你们当人质了？"

追命笑道："非也。"

于一鞭的左右手招九积适时知机地道："于将军跟崔三爷一上落山矶，这位马兄和寇兄便把大公子、二千金带入帐里来了。"

追命补充道："无论咱们谈成或败，我觉得把这两位无辜的孩子送回这儿较妥当。反正，要是你冥顽不灵，偏要为大将军效死，那么，日后大可把他们再送入虎口甲去。"

于投一听，已大叫："不要，不要，我不要回山庄。"

于玲还哭了起来。她毕竟比较年幼。

于一鞭本也想把两个孩子接回来多时了，他的夫人张满枝也央他多次，他不欲大将军生疑迁怒，便一直把事情压了下来。张氏也是宋红男的手帕交，曾找过大将军夫人想办法，凌夫人也跟她丈夫处探问过了，大将军只冷沉地说："他们不在这里拿啥牵制那芋头？你少插手这种无聊事！"便把宋红男叱退了。

而今竟能把两个孩子接了回来，无论如何，是免去了后顾之忧，心中对追命大是感激，一时不知说什么才好。

追命笑道："我这样做，不是要你感激我，而是希望你不管是对付我们还是大将军，都可放手一战，这样比较公平。"

他指向马尔、寇梁道："这两位对'朝天山庄'路熟，知道二位公子、千金给禁锢在哪里，要不是他们引路、引走守卫，我还真办不了此事，都是他俩的功劳！"

马尔谦辞道："我们只能做些跑腿的事儿，要不是崔捕头的轻功，谁能挟着两个人来去如飞？"

寇梁则道："要不是铁捕爷先到马房捣乱一番，大战温氏三杰，吸住他们的注意力，我们两个早给人逮下了！"

大将军听得冷哼一声，额角发出铁锈似的微芒来。

于一鞭忽然向追命道："我跟凌落石一战，败多胜少。我跟他相交二十五载，对他的武功，自是清楚得很。他的'将军令'，我的'至宝三鞭'还抵得住。我若是败，必败在绝招'屏风大法'下。可是我万一侥幸得胜了，如果决斗地点不设在这儿，我也奈不了他的何。"

追命、铁手不禁问道："为什么？"

于一鞭道："因为他还有奇招。"

铁手道："奇招？"

追命问："什么奇招？"

"走井法子。"

于一鞭沉声、正色、凝重地道。

"走井法子？！"

铁手追命都不解。

——那是什么意思？

——人名？地名？还是一个特殊的阵法？

"大将军一生里有三种绝招，跟他交手的人，不可不知道。"

于一鞭说话的时候，视线没有离开过大将军。

因为大将军随时可以动手。

——一动手，他就说不下去了。

像大将军那样的对手，只怕谁也不能一面跟他交手，一面还能谈吐无碍。

谁也不能。

——就算是诸葛先生亲至也只怕不能。

可是大将军却似没有马上动手的意思，反而说了一句："我一生岂止三种绝招而已——"说到这里，遂想起什么似的，又补充了一句，"——何况，我这一生过了一半多一点点罢了！"

——以他那样的年纪，居然只认为自己只不过"一生过了一半多一点点"而已，斗志力也不可谓不旺盛了。

于一鞭只好道："你一向变化多端，高深莫测，'绝招'当然不止于三种。我这是指你在武学上的'绝招'，而且，还是要练到了前人所无，独步天下才能作数。"

大将军冷笑道："你指的当然是：'将军令''屏风大法'和'走井法子'了！"

原来他自己也听出兴味来了。

——主要是因为：真正的高手，定必是寂寞的。他们身在高处，难得听到剀切的批评。尤其这是敌人：而且这敌人还是多年战友的评语。是以大将军倒是乐得要在杀掉这个心腹大患之前，听听他对自己最得意的几门绝艺有什么看法。

大将军虽然是大将军，但他也一样好奇。

他就算十分自私，但也会对自己好奇。

"'将军令'是你的杀手锏。当今之世，大概没有一样兵器比你的手更厉烈；就算有，也绝比不上你方便，因为那是你自己的手。"

"'屏风大法'是你修习的气功，这原本是'九五神君'宋拜石的绝门武功，但却不知如何落在你手上，而且还给你练成了，而且还练到了第三扇的境地。在内力上，当世能跟你匹比的，大概不出六七人吧，招式高明，再加上内力修为如此精纯，这也是我所不如的。"

"'走井法子'却是你开溜的方式。武功、才智再高的人，也有给打败的一日。你修得这种奇门功法，只要有井，只要有水，便休想困得住你。而且，这逃遁的方式却是最绝的反击之法。本来，陆上的老虎，到水里也得成为死虎，可你却成了水虎，加倍厉害！单只这份武学上的成就，旁人就该为你作传，如果你用于造福天下，必能留名千古流芳百代。试想：你外功、内力和退路都齐备了，加上有智谋、有权势、座下更有高手如云，举世江湖，谁能惹得起你？"

于一鞭在与大将军开战之前，居然说了那么多"长他人志气，灭自己威风"的话，连大将军都甚觉诧异。

但他都听得很舒服。

——当然了，有人（而且还是高手，并且更是敌人）这样猛夸自己，哪有听了不开心的！

（唔，对了，该着人为我写一部传，让我可以留名万世，书名就叫……对，就《水虎传》吧！）

于一鞭接着却道："可惜……"

并没有马上说下去。

大将军打从心里发出了一声怒吼：

"可惜个什么？！"

第伍回

赢招

——没有人能够永远不败，也没有人可以只胜不败！

铁手和追命也想追问：

——可惜什么？

往往"可惜"之处，便是破绽和弱点——大将军有弱点吗？他的破绽在什么地方？他的弱点在何处？

"可惜你的优点已慢慢成了弱点，而长处也转化为短处。"于一鞭道，"譬如你练就了'将军令'，凌厉无俦，你的性情也更变本加厉，处世行事，不留余地，无形中，你已造了不少孽，做了不少恶事，虽然成就也空前壮盛，但早已四面楚歌，仇人无数。而且，武功路子已不能回头走刚柔并济的路线。"

大将军听得心头一悚，闷哼一声。

"既然没有了回头路，只好走向更上一层楼的诡烈内功，那就是'屏风四扇门'。你练成了第一扇，杀性已不能压抑，先杀了义兄老盟主'不死神龙'冷悔善。练得第二扇，你连义弟副盟主'神一魁'曾谁雄也杀了。近日功力又增至第三扇，便几乎把敌人和朋友、仇人和手下都杀光了。他们都死光了，你只不过是个独夫，你还剩下什么？没有人劝你，没有人帮你，没有人再支持你了。"

大将军听得脸色灰败，汗如雨下，却压着嗓子咆哮道："于一鞭，没想到你平时不说话，却伺伏那么久了，这回给你交代遗言，倒是一发不能收，滔滔不绝，想必是憋久了吧！好，我就让你说个够！像你这种'好朋友'，我差点就丧在你手里呢！我只恨没早些拔了你！"

于一鞭道："牛把草都吃光了，那只有饿死了。人斫光了树，夏潮一来，都成水鬼了。"

大将军道："我是老虎。我是万兽之王。而且我还是水里也能发威的猛虎，我不是牛。我不想死于敌人之手。总得要把敌人和猎人都吃掉——你放心，这世上有的是人，我还真吃不完呢，谁叫我无敌？谁教我解决得了人，人收拾不了我！"

于一鞭道："没有人能够永远不败，也没有人可以只胜不败。武林中最荒谬的故事是：一个人常称孤独寂寞，因为他已天下无敌！这是最可笑的！因为你自以为无敌，天下何其之大，谁能无敌？江湖上最无聊的传闻是：某人在某方面有过人的成就，立即成了大宗师的模样，以为已到了人生之巅峰，只此一家，别无分号，所以傲视同侪，崖岸自高，不惜自封为王，杀尽同类。这也是最虚妄的！世间高人何其之多！谷不择草木，海不择江河，所以能容。自以为已无敌于世，顺其者昌，逆之则亡，简直滑稽！一个真正成功的人的特色应该是：不是从来不败，而是勇于反败为胜。你这样独步天下，到头来，只怕一失足就永翻不了身了！"

大将军怒目吭声："怕失败的人永远不成功！一个真正成功的人，是不断地清除路上的埋伏和敌人！我仍在作战！我永在作战！谁说我败？谁说怕失败！怕失败的人会像我那么勇于决战，奋于杀敌吗？"

于一鞭冷静地道："可是，你更勇奋的，不是杀敌，而是杀友！"

大将军格辣辣地一阵爆笑，一拍前额，光可鉴人的前额几没给他拍出星花来：

"我杀朋友？我杀友？！我就是杀你这种猪朋狗友！你刚才离间我和杨奸，又不见得我听信谗言就杀了他！我是明见万里，明察秋毫，分辨得出忠奸。你现在公然与我作对，不是反我是什么？告诉你，敌人我自然要杀，朋友我也不得不杀！为什么？告诉你们也无妨！我一手栽培出来的朋友，他们利用我，挑战我，今日不杀，难道俟有日他的势力强大过我时才杀？！在我麾下做事的朋友，他们嫉妒我、暗算我，现在不杀，难道等到有天他们爬得比我更高的时候才干掉？！你真荒谬，也真虚伪！人在高处，不小心这个，才是一失足成千古恨哩！"

于一鞭也狠狠地盯住他："就是这样的想法，所以你才没有朋友，朋友也只有跟你反目成仇！"

大将军也虎虎地盯着他："你这种朋友，哪有安什么好心眼？你把我的优点缺点在人前一一尽告，无非是要我的敌人听个一清二楚，好让你死在我手上，但还是有人可以拿捏得我的破绽，为你报仇——你以为我会不知？我让你说，是让你死了这条心。今晚的老敌人，还有你这种'好朋友'，我一个也不会放过！"

追命听到这里，忍不住道："这么说来，比你优秀的朋友、下属，你怕他们超越你，所以要杀；比你不如的属下、朋友，你瞧不起他们，所以也要清除——那你还有什么朋友？"

大将军居然昂然道："对！但你不用担心，无权无利无朋友，从来没听说过有财有势会没有朋友的。"

追命突然道："这些朋友恐怕交的不是你，而是你的权势。"

大将军犹不赧然："也无妨。"

追命叹了一口气，似为大将军深觉惋惜："像你这种人，本来有的是部属好友，可惜都给你杀光了、赶跑了、逼成了敌人了。如果你能把朋友的好处拿着借鉴，激发你的斗志，更进一步超越自己，甚至拿他们成就为荣，分享友人的光彩；把比自己不如的朋友尽力提携，让他们各自取得成就，他日再来报答你这个曾帮他们一把的人。如果你这样做就不是我们所能对付得了的——不过，这样的人，我们也不会去对付他的。"

大将军翻着白眼道："我为什么要这样做？朋友比你强的，就显得你弱。朋友本是差的，你提拔他，他日他会第一个先杀你灭口。我曾帮过朋友，但他们却以怨报德。我也容过栽培我的朋友。我现在不这样费事。我打他们下去。我一生学武：只学赢招，不学输招。如果我要输，我读书当文人斗智去——那也是斗，不过只更虚伪些，用嘴巴害人多于动手杀人些。我练的是赢招，就要完全地取胜，最好的方法是别让他有反击和反叛的机会：那就是杀了他。"

说到这里，他脸上也出现了一种狠绝、恶绝、傲绝的神态来。

忽听铁手叱了一声："好！"

他这样一喝，众人都是一愣。

连追命也不知铁手的意思。

所以他问："你为他喝彩？"

"是！"铁手斩钉截铁地道，"至少，他不虚伪！他狠，他霸，他目中无人，他六亲不认，他宁可负天下人却不许天下人负他，可是他说的是心里的话，做的是他自己认为可以使自己赢下去的事——他很痛快！"

他有力地道："大将军虽然十恶不赦，杀人如麻，罪不可道，死不足惜，但也行其所言、言其所信、信其所守、守其所志，他绝对是个痛快的人！大将军原来只是个霸主，他不是枭雄，因为他还不够深沉不够奸！多少人能毫不修饰他自己的所作所为，什么人能痛痛快快地杀人造孽——我为他能这样和这样直言而喝彩！虽然，这样的人，我，铁某人是一定要铲除的！"

大将军望了铁手一眼。

正正式式地望了他一眼。

他的眉毛一扬（由于他毛发太早脱光，已没剩下多少条眉毛了，其实只可以说他是耸耸眉骨），道："你是四大名捕的铁游夏？"

铁手道："我一上来时已向大将军报过名了。"

大将军道："过来我这儿，我欣赏你，你要什么，我给你什么。今日我杀了这老芋头，这位子就给你顶上了。"

铁手哈哈一笑："那么说，接了这个位置，我岂不是小芋头了？到头来我该是你看不顺眼还是瞧不起才下杀手的那一类'朋友'呢？谢了，你的好意，我还是敬谢不敏了。当你的朋友，我不如一头撞死算了！不过，个人倒是有一个心愿，要靠大将军的成全。"

大将军强抑怒忿，问："什么心愿，说来听听。"

铁手自宽袖里伸出了他的一双手，就像是拔出了他珍藏的绝门武器：

"我早想会一会大将军举世无俦、天下无双的'将军令'"。

月正当空。

山腰山下，布满了盏盏红灯笼。

还有一些绿色的星星点点，就像许许多多伺伏着的饿狼在眨着眼睛。

局面再无了置疑。

一战难免。

大将军转首就向杨奸吩咐道："你盯老芋头，我先杀了这两个狗腿子，转头过来助你，好不好？"

杨奸立即大声答："好!"

第陆回

拆招

人类的手，又如何发出开天辟地的刀斧之声？难道那不是手，而是奇刃神兵？或者那不是人，所以无所不能？

大将军的命令一发，他自己已抢身出袭。

不是攻向铁手。

更不是追命。

而且也不是于一鞭。

他是拔身而起、飞纵而出，猱身扑向于玲和于投。

他对付的对象，竟是两个小孩子！

他快。

于一鞭也不慢。

他一动。

于一鞭也动了。

论身法，大将军也许还不是最快的。场中还有个追命。大将军身形甫动之际，追命也要掠出制止，但大将军在扑出之际掠起了一道飙风，厉烈刚猛，前所未遇，竟硬生生把他欲振的身形压了下去。

论气势，没有人比得上大将军。

于一鞭也不能够。

但他一早已看定了这点。

所以他也一早已准备好了。

他不飞身去截大将军。

他只截击——用他的鞭。

他的鞭一出，场中只闻鞭声、鞭风，岗上只见鞭影、鞭意。

"你身为大将军，却对幼龄小儿下此毒手，你还要不要脸。"

"我就是不要脸，所以才有今日手握大权！"

"就因为你是这样的人，连我也只有反你一途！"

"去你的！你要反就反，这么多理由干啥？！反正今晚我就要你连你一家人一起杀个尽绝！"

话就说到这里。

谁也没有再说下去。

因为他们已战到酣处，也打到全神贯注、一发生死的关头。

——两人虽都是武林中的顶尖儿一级高手，但尤是这样，两人更聚精会神，不敢轻敌，更不敢稍有疏失，略有差池。

这是极其凶险的交手。

于一鞭可谓占尽了地利。

甚至天时。

他的鞭本来只有三尺长，可是愈战愈长，打到后来，竟足有三丈余长。

他站在高处。

大将军为了要偷袭于氏兄妹，所以反而处于地势较低之处。

他只有见招拆招，对手离得太远，鞭法缜密急暴，他根本没有机会反攻，没有办法反击。

他完全处于挨打的局面。

月影黯淡，加上绵密的鞭影，已遮去了大部分的月色，在昏暗的荒山之中，红灯闪晃，鞭法又鬼神莫测，倏忽不定，鞭风时有时无，有时极快而夹带尖嘶，有时奇速但声息全无，这才是于一鞭鞭法的可怕难防之处！

大将军唯有以静制动。

他不主动。

他等鞭丝真的抽到他身前时，他才一伸手，切／啄／斩／戳／劈／拍／挟了过去。

所以，无论是一鞭的鞭法如何变化多端，如何令人眼花缭乱，他都只把定了一个原则，只等鞭身真的攻到之际，他才还击。

就当它是一条毒蛇，他只攻打它的七寸！

它也真似一条蛇，不住翻腾、舒伸，时像毒蛇吐信，时似怒龙翻空，有时卷成一团又一团鞭环，鞭圈内布满了罡气，只要一点着敌人，立即将之杀碎震死；有时鞭尖如蜻蜓点水，铁鹊折翅，猝然而落，翩然而起，每一起落间都绞向大将军的要害死穴！

更可怕的是，有时，这鞭竟成了矛！

长达四丈的矛！

软鞭竟给于一鞭抖得笔直，向大将军刺戳！

有时也如手持大关刀一般，横扫直劈，变化之大、之急，细时如针，劲时似箭，急时无影，柔时如风，变化出自变招中，变招又再变化，使大将军半步进不得、退不得、移不得、动不得。

大将军只有见招拆招。

见招拆招。

鞭在哪儿，他那淡金色的手便插了过去，鞭影像漾了开去。

鞭攻向哪里，他像金石打镌而成的手便伸了过去，要抄住鞭子，那鞭就立即荡了开来，又打从另一角落另一角度再作攻袭。

大将军仍然见招、拆招。

见：招、拆：招。

但没有还招。

还不了招。

——敌人实在太远了！

看的人不同，想法也不同。

于投兄妹见此战况，心中大喜。

"爹赢定了。"

"凌伯又全面挨打。"

"他还不了手。"

"他哪里是爹的对手！"

同样是观战，马尔和寇梁的看法便很不一样：

"看来，于一鞭是缠住了大将军。"

"可是，大将军也逼住了于一鞭。"

"所以于一鞭已不能停手。"

"对，只要稍一住手，大将军就必定反扑。"

"所以于一鞭只有一鼓作气把凌落石击杀于鞭下。"

"凌落石也在等于一鞭只要稍露破绽，他就全面反击。"

"你看谁赢？"

"我不知道，但至少，于一鞭现在是占了上风。可是，于一鞭好像很怕大将军的手……"

"我也看出来了。敢情是凌落石的手，要比于一鞭的'天道神鞭'还要可怕不成？"

追命和铁手的看法也很有些不同："我们要提防了。"

"对，于一鞭已败象毕露了。"

"是的，他已出尽全力，但只要一缓气，大将军便会全力反扑。"

"所以，他不是未得手，而是不能停手。"

"只要大将军的'将军令'砸上鞭身，凌落石便会以'屏风大法'反攻过去，是以于一鞭死也不让他沾及鞭子。"

"于一鞭是比凌落石更凶险。凌落石根本不必出袭，他只要对鞭子下手，于一鞭便够凶险了。"

"因此我们得要小心了。"

就在这时，掌劲金风大作，天色突然大暗。

全黑。

月色不见了。

灯笼全灭。

只剩下了鞭风丝丝。

掌风猛烈！

掌风如刀。

鞭声似箭。

人呢？

光阴呢？

第柒回

输招

　　古往今来，传奇说部，当捕快的谁认为他是侠士的？一个也没有！有也只当是效死于朝廷，为虎作伥吃公门饭的狗腿子！我不是侠士。我也不背了个捕役的名义以致啥也不能做、什么也不便做。

突然之间，在黑暗中，完全没有了鞭风。

只剩下了斧风。

开山劈石的刀斧破空之声。

——哪来的斧？

——鞭去了哪里？

蓦地，黑暗里亮起了一盏火。

——不是火。

是一种光。

——什么光？

一种发亮的力量。

这力量首先照亮了铁手俯视掌心的脸；因为这柔和的光亮就来自他的掌心。

右掌。

他的左掌托在右掌手背。

右手手心向上，靠近他的嘴边。

他正撮唇吐气。

手心先是冒起一缕烟，然后——

掌心便发了亮。

微光掩映场中，只见追命已拦在大将军和于一鞭之间，于一鞭的脸容全皱在一起、皱成一团，就像一头痛苦的老狗。

铁手竟以内功发光！

以元气燃亮心灯！

只听铁手雄长地道："点灯！"

他说话的话音不高，但山上山下人人都听得见。于一鞭的手下军士忙把红灯笼点亮。

连月亮也仿佛听从铁手的嘱咐，从云层里重新踱了出来。铁手这才用左掌掩灭了右手手心的光。

月亮第一道光芒许是先照亮大将军的光头。

还有他的白牙。

因为他正在笑。

"还不是一样投靠了狗腿子！"

他讪笑着说，并似揩拭兵刃一般用袖子抹着金色的手。

那就像是金属打造的，不是人的手。

——难道刚才开天辟地似的斧风，竟是来自他的手？

人类的手，又如何发出开天辟地的刀斧之声？

难道那不是手，而是奇刃神兵？

或者那不是人，所以无所不能？

追命却优哉游哉地笑："不是他投靠我们，你不是瞎了吧？是我来投靠他的。我主动过来帮他，这不关他事，你这种小人告密进谗也没用，因为那不是他的选择，更不是他的变节！"

大将军冷哼道："说什么侠义道义，你们也不是一样以多胜少！"

追命高兴得又拔开葫芦塞子直灌酒："我们已经胜了吗？单凭你这一句已是输了一招！你可心无斗志了吧！"

大将军冷哼道："你少来相激，输了一招的是老芋头！要不是你截了下来，他的鞭子早就成了他背骨夹着的尾巴了！"

追命故意皱着眉头道："啊，好粗俗！不管怎么说，我这也不叫以多胜少，顶多只叫车轮战而已！"

大将军嘿声道："侠道之中，居然使车轮战，这算啥英雄好汉！"

追命居然笑嘻嘻嘻嘻笑道："我不是侠士，我只是捕头！古往今来，传奇说部，当捕快的谁认为他是侠士的？一个也没有！有也只当是效死于朝廷，为虎作伥吃公门饭的狗腿子！我不是侠士。我也不背了个捕役的名义以致啥也不能做、什么也不便做。我去你的！以多欺少我不干，但如果让你一个个来杀，我更不干！铁二哥他们怎么想，我不晓得，但我可不守这个成规！现在又不是擂台上公平比武，那我一定会循规蹈矩。天下哪有只你可以向人家的小孩子下毒手，我们却让你为守个劳什子规则而好让你逐个击败的事？！现在的侠士都聪明，精打细算，我们当人魔爪子的，更加先进，早已挑通眼眉，才不受你那一套！看对象吧！值得尊敬的敌手，当然一对一。对你？车轮战已忒把你抬举了！你这种人最该绑到衙上给百姓人们用石头砸死的！"

大将军这回真变了脸色，气呼呼地道："好，斗口不算好汉，我就看你能接我几招？！"

接招

人生里总有些时候，要打些明知打不赢的仗、斗些斗不过的人、做些做不来的事，只要这样做是有意义的，这才过瘾，已不必管是成或败。

可是追命一直不肯接他的招。

　　追命蹑空而起，倏左倏右，忽上忽下，时高时低，闪腾晃动，只要大将军有一个哪怕是小小的微微的一闪而过稍纵即逝的疏失，他都会立时发出攻袭。

　　以脚。

　　但他就是不肯硬接大将军的"将军令"。

　　他一面还笑说："将在外，军令有所不受。"

　　他一面纵腾飞跃，一面还喝着酒。

　　酒喝得很不少。

　　整葫芦酒差不多喝了一大半。

　　这样喝酒法，很令铁手担心。

　　铁手当然不是担心他醉。

　　——追命的酒量，这样的葫芦，喝个十七八只也醉不了他。

　　反而，醉意愈浓，追命就愈能打。

　　酒气愈盛，他也斗志愈盛。

　　问题是：追命外表看似那么轻松，却喝了那么多的酒，也就是显示出：这实在是一场苦斗。

　　恶斗！

　　——铁手跟追命有多年的多次共同作战的经验：没有多少所谓大敌强敌，能使追命喝上三几口酒的！

　　眼前的敌人，自是非同小可！

　　大将军的身法不如他快。

追命在空中笑道："凌将军，你也许喝一点酒助助兴呢？怎么这般轻功不灵？难道是害风湿痛不成？"

大将军好像也不大够气。

追命在翻腾时笑曰："大将军，你给色淘虚了身子吧？怎么这样上气不接下气的？"

大将军出手也不够奇。

追命一面闪过攻击，一面嬉笑打趣："将军，这招没什么新意吧？"

大将军的招式也不够好。

追命趁隙飞足急蹴，说，"这招不错，却还是有破绽的……"

之后他就没了声音。

因为说不出来了。

——跟大将军这种高手交手，谁还能一直讲话如常？

谁？谁能？

谁也不能。

因为大将军在招式上看的所有的弱点，或在武功上一切的缺失，例如：不够气，不够快，不够好，不够急——在他充沛的"屏风大法"和"将军令"下，全成了优点和绝招！

这才是凌落石武功最可怕之处！

——"屏风四扇门"的内力，大将军已举起了第一扇的功力。

第一扇的内功，已足可把在招式上的一切缺陷，全成了长处。

他已没有了弱点。

失去了破绽。

这样的武功，你怎能取胜？

这样的人，又如何击败？

可是，人生里总有些时候，要打些明知打不赢的仗、斗些斗不过的人、做些做不来的事，只要这样做是有意义的，这才过瘾，已不必管是成或败。

追命始终不接招。

他仗着灵巧急速的身法，一觅着破绽，即行抢攻。

一击即收。

终于踢中。

他不是"得手"。

而是"得脚"。

他以脚为兵器。

而且踢中还不止一次。

可是没有用。

可惜没有用。

踢中对手之际，大将军的确是震了一震，可是震了一震之后，力道已然卸去，对方仍若无其事。

可是追命要冒了很大的险，才能击中一招。

他不能给大将军击中。

他知道后果。

他也听到后果。

　　因为于一鞭这时候不知正向谁说了一句:"这是屏风大法的第一扇门。他已没有了死门,但只要中他一着,谁都只有成了死人。"

　　追命不死心。

　　他突然一张口,一口酒狂喷速溅,射酒在大将军脸上。

　　他就在这时发动了全面的攻击。

　　全力的一击。

　　双足飞踢:

　　左踢额,

　　右取心房!

第玖回

卸招

——人生到了某些时候，总要咬牙硬拼！

这是追命的绝招。

大将军中招。

大将军双目骤变奇痛，双眼一闭，可是这时候的他，立即发出疯狂般的攻袭。

目暂不能视物的大将军，却发出了最凌厉的"将军令"。

但他先着了两脚。

追命的两脚都命中——他的手。

他的手已先行挡在心窝和额前。

追命这两下攻击无疑形同与他的"将军令"硬拼！

这下可是真正的接招！

不是卸招。

—— 人生到了某些时候，总要咬牙硬拼！

大家所见的大将军，是唇角和双耳同时淌血。

血珠子在月下是灰色的，像这恶人身上流的也是恶血！

追命的一双腿劲加上大将军自己的"将军令"劲道反震——撞在脸上和胸上，饶是大将军已运紧第一扇门的玄功，也抵受不住。

可是接下来大将军闭起双目的反攻，追命也无法抵受。

他双腿硬碰"将军令"，结果是：他的双脚已全然麻痹。

他怀疑自己的足趾已给震断了。

——甚至有可能给震碎了脚趾。

他无法接招，只有凭巧劲卸招。

对方攻势力大，无坚不摧，他只有飞退、倒践，但所靠的树为之折，壁为之裂，洞为之塌，连山岗上也飞砂走石，月华无光。

追命就像一张纸。

也似一根羽毛。

这是他轻功极致。

在掌劲的怒海狂涛中，他如一叶孤舟载浮载沉，生翻倒涌，但他始终没有给吞噬。

但他飞不高。

因为压力大。

大将军的掌劲使周遭布满了也满布了罡气，他冲不破、闯不出，再打下去，他再也卸不掉这股充斥于天地间的大力，只有硬拼一途。

但他觉得一双脚在那一次硬接之后，已几乎是不属于自己的了。

——要不然，早在大将军把"屏风大法"锐劲厉气遍布全局之前，他已跃破脱离这压力的中心。

现在已不能。

——大将军就是要追命再也不能卸招，他是硬挨追命两脚都要逼成这个形势。因为要格杀轻功几已天下第一的追命神捕崔略商，也只有用这个方法而已！

为杀这个人，他愿付出这个代价。

大将军双目忽睁。

神光暴现，血也似的红。

他的眼虽为酒箭所激，痛入心脾，但已然勉强能够视物。

他动了。

他，第一次，采取了主动，在这一战里。

他不跳。

他跑。

冲向追命。

——以无比的声势。

追命要避。

却发现不能动。

前后如有硬墙堵住。

追命想躲。

但移动不得。

因左右都似有无形的气壁。

他想上跃。

但上不得。

上面一样有劲道阻隔。

天大地大，他却逃不开、闪不了、动不得！

大将军已冲近。

一丈！

七尺！

三尺！

追命忽一张口，又打出一道酒箭！

——他嘴里竟然还有酒？！

大将军猝不及防，又着了一下。

眼又痛得不能视物。

但追命依然逃不掉。

他的"将军令"已劈了下去：这一记，他要山为之崩、地为之裂、人为之死！

没有死。

"轰"的一声，有人跟他的"将军令"对了一掌！

大将军退了三步，勉强把住桩子。

他感觉到对方也晃了一晃，再晃了一晃，然后又晃了一晃，之后就像没事的人一般，仁立不动，而他所布的气墙罡劲，也给这人的元气冲散、冲开了。

但这人并没有马上向他攻击。

直至他能重睁双目——月色下，风沙弥漫中，只见一个气定神凝、神定气足的汉子，拦在双脚微瘸的追命身前，稽首拱手道："请了。"

大将军也肃然抱拳，向铁手说了个字：

"请。"

　　稿于一九九一年十一月十二至十六日与倩浩旦徐游苏花公路、太鲁阁、禅光寺、葫芦谷、花莲夜市、慈惠堂、胜安宫、王母娘娘庙、忠烈祠、中正公园、中横、长春祠、弥陀岩、啊唷断崖、屏风岩、银带瀑、燕子口、九曲洞、靳珩公园、合流、迎宾峡、锥麓大断崖、文山温泉、天祥、中国招待所、白衣大士像、四面佛像、西宝、豁然亭、洛韶、慈惠寺、慈恩、梨山、神木、关原、梨山宾馆、夜游、福寿山农场、天池、蒋公官邸、大禹岭、小风口、合欢山、大风口、奇莱峰、德基水库、达见温泉、佳阳、青山、谷关、龙谷风景区、观音岩、龙谷大瀑布、单轨空中飞车、寻找温泉头，赶返台北参加"中央日报"晚宴

　　校于一九九一年十一月二十日"四大名捕"返香江／接获商魂布传真重大讯息

　　请续看《少年铁手》第四部

第肆部　武林低手

——在江湖上，没有把握的出手，是自求速死，自取其辱，机会的浪费，生命的蔑视！

【第壹章】

走井法子

第壹回 请

大家常听人说："请。"似乎很有礼节，甚至还一再"请请"，乃至"请请请"，客套得很，谦冲得很，但是，也可能意味着：虚伪得很，歹意得很，迫不及待得很。

"请。"

——什么是"请"?

"请"是什么意思?

一般来说,"请"是一种客套,一种礼让,一种谦恭的态度:

请上座。

请用饭。

请赐教吧。

请留步吧。

——这些都是客气、礼貌的意思。但也有迥然不同的意思,例如:

请你动手吧!

请你去死吧!

这儿的"请",其实是有杀伤力的,不耐烦的,浮躁的,甚至是煞气腾腾的,十分虚伪,不怀好意的。

大家常听人说:"请。"似乎很有礼节,甚至还一再"请请",乃至"请请请",客套得很,谦冲得很,但是,也可能意味着:虚伪得很,歹意得很,迫不及待得很。

那么,此时此刻,此情此际,惊怖大将军凌落石,跟铁二捕头铁游夏说出这一句:

"请。"

——这又是什么意思呢?

有什么用意呢?

是尊敬敌手,还是催促对方动手?

是蔑视对方实力,还是讨好铁手?

说了"请"之后的大将军，仍不马上动手，只肃然道："其实，诸葛小花麾下，四位捕头里，我最不想对付的，你可知道是谁？"

铁手神凝气定，就算在这头老虎看来已饱魇、最温驯的时候，他也丝毫不敢轻忽。

铁手语音如铸剑镌刀时的交鸣："不，知，道。"他道，"请教。"

追命忍痛道："一定不是我。"

大将军怪眼一翻："何以见得？你轻功绝世，行踪飘忽，当今之下，没几个人愿意对付你这样的敌人！"

追命嘻嘻笑道："也许你说得对。可是你最想对付的，肯定是我。"

大将军合起了双目。

在大敌当前，恶战将启，他居然也能闭目聚气，抱元归一，"为什么是你？"

追命倔笑道："当然是我。因为我骗过你。还骗得你相当惨。嘻嘻，哼哼，啧啧，哎哎。"

后面这几声，是他本来要维持笑谑的，但一笑就触动了旧患新伤，痛得他变了声，原本只想嘻嘻，不意强忍哼哼，一时呻吟啧啧，一会儿哀呼哎哎。

但他得坚持要气凌落石。

因为他既看得出来，也听得出来：一个激动的惊怖大将军，在愤怒时也许十分可怖，杀伤力也十分之巨大，但比起对付一个沉着、冷静的凌落石，还是好对付多了。

所以他一定要设法使凌落石暴怒起来。

并且继续暴怒下去——直至大将军同时也暴露了他的要害与破绽为止。

所以他继续哼哼哎哎地道："对大将军你而言，受我瞒骗，还重用了我，简直是奇耻大辱对不对？"由于他要挤出笑容，但脚痛得入心入肺，所以笑意甚为诡怪。

大将军闷哼一声，脸如紫金。

追命贼忒嘻嘻地笑道："所以，若问：大将军最想对付的是谁呀？那才一定是我。"

大将军合着目，额上青筋如贲动的鹰爪，眼珠子在眼皮下贲腾着，直似要喷涌出来一般。

追命一拐一拐地迫近了两步，端凝着他，仿佛很得意洋洋地问："我说得对不对呀？"

大地似微微颤哆着。

仿佛，这山头的地壳内正在熔岩迸喷，地层裂断，撞击不已。

追命知道，大将军一旦按不住这把怒火，就会向他出击。

这一击，必尽平生之力！

那是一种"爆发"！

他不一定能避得开。

也不一定能接得下。

但只要大将军向他发出全力一击，铁手就有可能击溃大将军。

只要能争取这个机会，能使大将军分心，能让铁手有多一次机会可乘，追命都一定会说这些话，做这种事，冒这个险。

可惜，可是——

大将军并没有"爆炸"。

他闷哼一声，耳朵都赤红得像滴血一样，满额都是黄豆大的汗珠，而且还跟黄豆一般的颜色，但他却甚至没有睁开眼睛，只闷浊地说了一句：

"不错。"

不错。

——不错就是"对了"的意思。

追命听了，骤然震了一震，一时间，皱了双眉，陷入沉思，说不出话来。

就连中天月华，也给浮云遮掩，忽明忽暗，人在山上，也似徜徉在苍白的乳河上一样。

铁手见追命陷入了沉思，他第一个想法便是：

让三师弟好好地寻思下去。

他明白追命。他知道追命。

——这个同门要是忽然沉默下来，苦思细虑，就必定有重大的关节要去勘破，而且一定事关重大。

所以他一定替追命接阵。

他沉实的声音沉实地问："是不是冷血？"

大将军眉也不扬："为什么说是冷血？"

铁手道："他是你儿子。虎毒不伤儿……"

大将军冷哼道："俗人。"

铁手没听懂："请教。"

大将军道："没想到一世豪杰的铁二捕头，依然未能免俗，还是个俗人。"

铁手不愠不怒："我本来就是一个小老百姓，原就是俗人，也乐意做俗人——却不知这跟我的说法有什么关系？"

大将军眼皮儿也不抬："他如果反我，还称是什么我儿子？他要是对我不遵从，我还当什么老子？再说，这些年来，我也没抚养他，他也不会对我有父子之情，他对付我，我就撕了他，有什么不想对付、不便下手的？！——那是凡夫俗子才顾忌的！"

铁手闻言苦笑："说得也是。但我还是宁作凡夫，甘为俗子。"

大将军眼珠子在眼皮子下滚鼓鼓地转了转，溜了溜："所以大将军我只有一个。"

铁手恍然道："莫不是你最不想对付的是——"

大将军问："谁？"

铁手道："大师兄。"

大将军闷哼一声："无情？"

铁手道："正是。"

大将军反问："为什么？"

铁手道："我大师兄，不必动手，运智便可克敌；不必用武，举手间便可杀人。"

大将军哈哈一笑，额上青筋像青电突贲而腾，"你们怕他，我可不怕这残废！"

铁手脸色大变："大！将！军！你这句话不该说——"

大将军巨大怪诞的头，忽而张了一张血盆大口："他是你们的大师兄，在我眼中，却只是一个无用的瘫子，一个废人！"

铁手全身格格地震颤了起来："凌落石，你敢再辱及我师兄一个字，我铁游夏跟你一拼生死！"

大将军露出一口黄牙，像只忽而裂开的巨蛋：

"无情啊无情，在大将军我的眼中，你只是无能之徒，居然能窃居名捕首座，简直是无耻啊无耻——"

这回话未说完，铁手已发出一声回荡山谷、响彻山峰的怒吼：

"请——！"

一掌向凌落石当头拍落！

却听追命忽然大喊了一声："二师兄小心，别——！"

第贰回

爆

  —— 一件事物，一种手艺，一个策略，一门艺术，要是源远流长地流传迄今，就一定有它的存在价值，和它颠扑不破的真理法度。

铁手一掌拍落。

这一掌平平无奇。

这一招更是平凡极了。

——独劈华山！

几乎所有会武的人，都会使这一招；也几乎所有自恃武功高强的，都不肯用这一招。

有时候，所用的招式，就像自己的名帖、服饰一样，有些不愿用，有些不想携带，有的更不愿穿上一样：

因为那会降低了自己的身份，甚至辱没了自己的品位。

——所以在任何时代，都兴作品牌：吃馆子要上第一鲍鱼，喝汤要包座二奶炖汤，上青楼要到真富豪，读书要进岳麓洞，写字要学赵米蔡，登高上黄山，登楼到黄鹤；做人亲信，要坐在铁剑将军楚衣辞身边才入形入格；连去如厕，也得入六分半堂雷震雷的纯金马桶蹲上一蹲，这才叫做人做上了格，品位品上了位。当然这种"合格"，根本不"入格"；这种"品位"，未免乏味。

这一招既非高招，也非绝招。

但使出来的是铁手。

——同是字词，落在苏子手里便不同。同是箭和弩，张在飞将军李广腕底便不一样。同是刀，谁敢去碰沈虎禅背上那把？同是暗器，谁敢未得公子同意便靠近无情十步之遥？

这一招平凡，使的人却不平凡。

因为他是铁手。

铁手的手。

这一掌轻描淡写地拍落，却在大拙中潜藏了大巧，大稳中自蕴了大险，大静中吐纳着大动，这一掌，足以开山碎石，震天憾地。

他恨大将军出言辱及大师兄，所以动了真气，这一掌也用了真力：

"一以贯之"神功！

大将军依然没有睁目，左手发出一层淡淡澄金；好像是一件金属物似的，突然向上急挑而出，刚好斜斜架住了铁手那平实无奇的一掌拍落。

两人两只手掌，便粘在那儿，胶着不动，既没发出巨大声响，周围也并无震动，只是忽然之间，于投和于玲，竟不由自主地，一步紧接一步地，向大将军和铁手的战团走了过去。

其实，他们兄妹两人，对大将军畏之如蛇蝎，更不会主动往战团走去，只是，在战团中正发放着一种强大的吸力，像是无形的漩涡一样，把二人一直往这漩涡的中心吸了过去。

他们已管不住自己的脚步。

控制不住自己。

马尔和寇梁见之大惊，也想阻止、拦住、抱开二小，但二人心念一动，竟也止不住步桩，也向战团靠拢过去，待敛定心神，却发现已身不由己地走近了七八步。

铁手用的是左掌。

大将军也是使左掌。

两人双掌，正斗个旗鼓相当。

这时，铁手的右手已蠢蠢欲动。

追命这时已回过一口气，及时说了几句话："二师兄，别上他当！你要小心，他正要你沉不住气，你，千，万……浮……躁……不……得——"

其实，"浮躁不得"四个字，追命的语音并未能传达到铁手耳里。

原因是他开始说话的时候，原本看似平静的，大将军和铁手的对掌，突然，呼啸之声大作，自两人双掌交贴之处的上、下、前、后、左、右、四面、八方，均卷起了一股罡气，一阵邪风，使得功力高深如追命，在喊声吐气发语间，吃劲风一逼，几乎把话吞回肚里去，几乎得要呕吐大作，差点闭过气去。

然而追命的意思，铁手是听得出来，知道了的。

那股突然遽增的力道，以致在山岗刮起了狂砂狂啸，当然不是他发动的。

而是大将军。

凌落石已经从"将军令"掌法，转入了"屏风大法"的第一扇门："起"。

"起"，就是开始，启动的意思。

"屏风大法"，一旦发动，沛莫能御，无可匹敌。

这一股大力，令武功精湛的追命，也得把话逼吞回去，而这一回，马尔、寇梁本已扯住于玲、于投，但也禁不住这股大力卷吸，一步一步，四个人往暴风的中心腾挪过去。

可是，此际，心中最感觉不妙的，却不是铁手，也不是马尔、寇梁、于投、于玲。

而是大将军。

本来的形势是：

大将军以"将军令"格住了铁手的"独劈华山"。

——"独劈华山"招式不值一哂，但"一以贯之"神功却是非同小可。

这连诸葛先生也练不完的内功，却给铁手在少壮之龄修成了。

这种内力好比是：你站在高峰上，砸下任何小块硬物，其效果都要远比你举起重物往你对面砸去，力道上来得要强百倍、千倍！

铁手练成了"一以贯之"，使得他的个人修为与功力，有如长期站在高峰之上，哪怕随便一招一式，一发力便可有万钧。

大将军知道跟前这个汉子是强敌。

他对付他的方法，便是要先引发他的力量。

任何力量，都有用罄的时候；任何强人，都有虚弱的时候。

何况，铁手明显受过伤，而且，还十分疲惫。

大将军只要待他功力稍有缺陷、招式稍有破绽、心神稍有松懈之际，他便可以把"将军令"掌功，迅疾转入"屏风四扇门"，将铁手格杀其间。

可是，铁手的确内力浑厚，哪怕他是已负伤在先，而且，已近筋疲力衰。

——衰，而不竭。

而且一振又起。

铁手的磅礴大力，绵延不绝，仿佛已跟大地结为一体。

这才是他可怕的地方。

难敌之处。

更难取之的是铁手所用的招式。

那是一记平凡招式。

人人会用的招式。

可是，这才是最难有破绽的招式。

——一件事物，一种手艺，一个策略，一门艺术，要是源远流长地流传迄今，就一定有它的存在价值，和它颠扑不破的真理法度。

所以少林永远是佛门正宗的圭臬。

武当一直是道家武术的巅峰。

无以取代。

无法攻破。

是以，铁手这一招也没有破绽——就算有，他以"一以贯之"使出，也使破绽变成了强处。

大将军一时无法攻破。

他只好激怒铁手。

人一生气，难免浮躁，一旦躁动冒进，大将军便有机可乘了。

他要吸引的，是铁手全部战力，而不是一部分的。

一部分没有用。

就像行军一样：一支部署精良的部队，你攻击他的前锋，就会给左右包抄，你就算能一一抗衡，但迟早还是给他的后援部队攻陷。

他要的是引出铁手的主力。

然后他遽然发动最强大的杀手锏，予以截杀，予以重挫。

他知道这些人里，除了于一鞭战力最高，轻功最高的是追命，内力最高的是铁手。

但他一上来，已拼了负伤，先重创于一鞭，再使追命双足负创。

——跛了足的羚羊，逃不过狮子的追攫。

可是，对铁手，他却未能得逞。

铁手虽给激怒，本来另一只手，也正要出击的。

——他的左手即使出了"一以贯之"，右手出击，定必施"大气磅礴"神功。

大将军要吸引的，正是铁手的两只手——而不止一只。

制住铁手的手，就能制住铁手。

由于铁手是现场仅存功力最高的人，只要能制住铁手的手，便大可以收伏这群龙之首，他便可纵控全局，使敌人一一授首。

可是，追命这一叫破，铁手的右手，便没有攻出。

他留了后力。

没有人知道他那一只手，留了多大的力气。

没有人知道，铁手那一只手，会作出什么样的攻袭。

没有人知道，那一只手，能有多大的杀伤力。

也就是说，铁手的手，没有完全出击；他的功力，也未全然引爆。

——有什么要比一桶将引爆但仍未爆发的炸药来得更危险？更具杀伤力？

不行。

一定要引爆。

大将军思忖：

引爆了铁手，就是熔浆，他就可以用"屏风四扇门"承载了它，把它送入了"起、承、转、合"，送入了无间，送进了轮回。

然后，再来取这废铁的命。

第叁回

出手

——攻击，永远是防守的最佳方式。

于是，大将军的右手，从下到上，转了三个方位。

先是收拳于腰。

再提拳于肋下。

之后，又横掌于胸。

三个方位是三个变化，三个变化都看似平凡。

三次变化都可以杀人于一击。

一瞬间。

——只要铁手另一只手出手。

他就是要引爆：铁手先出手。

铁手的另一只手，也在动。

他的右拳本来竖于胸前，转而紧收于肋，最后，沉拳于腰畔。

他是动了手。

但没有出手。

没有。

所以，他没有给"引爆"。

他始终隐藏了实力。

大将军一时间取之不下，但他身边，到处都环伺着敌人：

他面对铁手这样的强敌，又无法引发他出手；铁手另一只手
的动作，刚好克制了他三种引爆、诱敌的意图，大将军失去了制
敌的先机。

所以他不退反进。

率先发动了攻袭。

　　他的"将军令"取不下铁手的"一以贯之"神功，他只好提前发动"屏风四扇门"的"起"式。

　　他不退反攻，是因为周遭都是敌人，一旦给敌方知道他已萌退意，只会群起而攻，落得个退无死所。

　　攻击，永远是防守的最佳方式。

　　何况，他先战于一鞭，再斗追命，之前，又狙击温辣子和温吐克，已耗费了他不少功力。

　　可怕的是，他又感觉到一阵阵的昏眩，一阵阵的恶心，他双目因刺痛而紧闭，但一合上眼睛，他仿佛就看见一团黄光，黄得像浸在一口油锅里，而又看见自己的头颅，化成了一只骷髅，两只空洞的眼眶，一只爬出一条脱着皮的白蛇，另一只，却长出一朵花来，而他的骷髅白骨顶上，却插着一把剑：

　　一把尖锐、薄利的剑。

　　剑似断了。

　　断口处就插在骷髅头顶上。——灯下骷髅谁一剑？

　　不。

　　不！

　　不！！

　　他不能败！

　　不能死！

　　他要活着，呼风唤雨，杀人放火，决不认输，决不认命，千秋万载，长命百岁地活下去。

　　所以他不再忍。

　　也不再等。

他率先发动了"屏风"第一扇门:"起"。

"门"一开,把功力较浅的对手"吸"了进来。

他先出手。

对方发现他要把他们"吸"过来,一定奋力拒抗——很简单,人见了狗,狗追,人跑;反之,狗逃,人追——至少,敌人更不敢进犯,不敢欺近。

那他便可以先行消耗铁手体力,将之格杀。

至于功力较差的,他可以"吸"了过来,杀得一个是一个,不然,也正可分了铁手的心!

他的"起"功一发,"吸"力一起,土岗上真个沙尘滚滚,飞砂走石,星月无光,连刚燃起的灯笼,也纷纷着火自焚,摇晃不定,不管是将军的部属,还是于一鞭的手下,能站稳的,也没几人,幸而,大都离得较远,机警的,已及时后退,远远离开吸力的漩涡,只有二三人,勉强可以站稳了步桩。

就连已倒下的尸首,也慢慢向劲力的中心移了过去。

马尔、寇梁、于投、于玲,由于本就离大将军较近,一个拉一个的,已往厉劲中心拉拔过去,情形已甚凶险。

这种情形之下,铁手已不能再以静制动,隐藏实力。

他一定要出手。

出手相护。

——因为马尔、寇梁是他的朋友,双于则是小孩子。

他非救不可!

可是,只要他一动手,就不能隐藏实力——实力,只有隐藏着的,才不会消耗、用尽。

大将军就等他出手。

一旦实力相抵，屏风另三道门：承、转、合，就瞬即在天、地、人、魔四界里轮回，击杀铁手。

必杀铁手！

——只要杀了铁手，剩下的敌人，都不会是他的敌手。

这是大将军的盘算。

也是凌落石的如意算盘。

——如意算盘人人会打，但大将军这次的如意算盘打得响不响？

本来可以很响。

可是，追命那几句上气不接下气的话，却令铁手有了警觉。

警惕的铁手，便沉住了气。

他的武功强有内力。

他的内功深厚宏长。

大将军便一时制不住他。

可是，眼看于投、于玲就要往二人对掌处黏了过来，马尔、寇梁若及时放手，也许还能抵住一阵，若不放手，只怕四人都得卷进掌劲的漩涡里，但若放手，于投、于玲必毙当堂。

忽地，一条迅蛇疾闪，先缠住了于投的胸，再返捆住于玲的腿，然后，绑住了马尔的肩一拖，再绕过寇梁的肘一扯，四个人，相逐给拉了回去。

鞭在一人手里：

"至宝三鞭"于一鞭。

他刚才力战大将军，受了重创。

——是重伤，但没有死。

他仍保有一定的战斗力。

这一来，铁手已没有了后顾之忧。

可是，对旁观的追命而言，战局却前景堪虞：

两人还在对掌。

左手对左手。

两人右手都未攻击，但看来不出则已，一出必有伤亡。

不过，两人身体上都发生了变化。

铁手正以恢宏绵长的"一以贯之"神功源源摧了过去。

大将军本以"将军令"极阳极刚相格，继而，已发动了"屏风大法"之"起"式，气门大开，造成强大的气流，几乎把旁的沉重事物都吸向战团来，再一一绞碎扭断，然后吸收，助长他的无边大力。

本来在运功对敌之际，愈是高手，愈应屏息闭气，抱神返一，全力对敌，但凌落石的"屏风四扇门"却故意反着练，气门大开，只发不敛，就好比敌军进军之际，偏把城门大开迎敌，待敌深入，再关闭城门，截断敌援，然后才翻身贴面杀个片甲不留，血肉横飞！

那非要多年苦熬的过人修为，以及胆大包天不可！

这时候，追命忽然发现了两件事：

两件令他担心已极的事：

大将军这边，本来如龙巨蛋、光可鉴人、童山濯濯的头颅，忽然，出现了一件奇事：

毛发！

——他的毛发竟急速生长!

他本来光秃秃的头顶，遽然长出了许多头发，未及片刻，已密密麻麻像刺猬一样，再过片刻，头发已愈来愈长，愈来愈紫，愈来愈妖异。

铁手那边，他的一双手，也发生了极为诡异的变化:

他的左臂在剧烈抖动着，但运劲使力，劲所聚处，颤哆难免，不过诡异的是铁手的右手。

他的右手不抖。

掌收于肋上腋下，护于胸前。

但指甲在暴长，长得极快、奇速、甚诡。

在月下，突长的指甲竟是惨青色的，苦蓝色的，而且看去并不坚硬，显得绵软，长到一定长处，竟有点卷，像一条腹部中了一拳的蝮蛇。

这样大喊一声，也许，只不过是一个侠道中人，对于自己以众击寡的一点补偿、一点惭愧，和一点责任、一点内疚而已！这也许便是白道与黑道中人的分别。

两人功力交击，竟产生了如此诡异、不同的变化！

追命一看，心里已有了判断，心下只觉不妙：

铁手正道的气功，催入了大将军体内，凌落石将如此绵密浑长的功力吸为己用，于是竟秃发重生，而且还迅疾蔓长。

这对大将军而言，却是大大好事。

他能把铁手功力迅速抵御吸收、转化，变成了正面的力量。

然而，铁手却只能把大将军侵入他体内的"屏风"第一扇："起"式的力量，转而变成了无用的指甲，而且随时折裂。

看来，铁手已尽落下风。

如此说来，铁手真的有点不妙。

追命心中大急。

这时，他就听到一句话：

在暴风中狂砂中，大将军桀桀笑着说：

"你知道吗？四个捕快里，我最不想对付的，就是——"

大将军的话当然是对铁手说的：

"——你！"

铁手闷哼一声，这时候，大将军的左掌愈来愈金，而铁手连左掌的手指，也渐渐长出了指甲来。

指甲愈长愈长，愈带点粼粼的紫蓝，映着月色就像漾着海上的波光，在此时此境，可谓诡奇已极。

"不过，现在已没什么不好对付了。"大将军扬起了两道淡得几乎看不见的眉毛，非常志得意满地道：

"我只开启了一扇门，你却快完了。你不听我的话，现在后悔也来不及了。"

大将军兴高采烈是有缘由的。

他在初交手之时，发现铁手为人渊淳岳峙，功力深沉厚重，只怕难以对付，而今夜众敌环伺，不能有失，终能勉强收拾此人，只怕也大伤元气，故而决心要先激怒铁手，让他在激忿中错失，他再设法一掌击之溃之……

遂而，他发现铁手并没有给激怒，而且，很沉着应战，内力也的确够雄长充沛。

"将军令"大刚大猛，至刚至猛，遇上铁手的"一以贯之"，如同狂马渡海，厉豹陷泽一样，发挥不着，愈陷愈深，不能自拔。

大将军只好被逼先行"祭"出"屏风四扇门"的"起"式。

"起"就是"启"。

没想到，这气门一开启，大将军平生修为的罡气，便能与天、地、魔及敌人互通互转，相生相持，但却尽露了铁手的两个大大的缺点：

一、铁手似受过极重的内伤，甚至还中过毒，迄今未能完全平息。

二、铁手一定经过连场剧烈的战斗，以致元气未能恢复，甚至，恐怕只有平时的一半而已。

这一来，在最高层次的功力相搏下，加上大将军所修炼的内功又能里、外、敌、我间互通互用，对铁手而言，可是大大的吃了暗亏。

大将军还巧妙地借了铁手正道气功之力，长出一头怪发！

但大将军却迫出了铁手十指怪甲。

大将军明显已占了上风。

但他需要一点点的助力。

一点点，可以少，可却是必需的：

他只要再增加一层的功力，就是从"屏风大法"的第一扇门："启"（或"起"），进入第二扇门："承"（或"阵"），他就可以用内劲把铁手重重包围，然后一攻而破。

这一点点的助力，就是：

水。

可是这儿并没有水。

不过，对大将军而言，没有水，血也一样。

这儿有血。

有人，就有血。

何况，还有死人。

大将军的"吸力"遽然增强，追命正要不顾一切，出手相助铁手，但因脚创，几乎立桩不住，给卷入漩涡里去。

这时候，风砂四起，一人已给猛地吸入"屏风四扇门"的掌劲罡气中去。

这不是活人。

而是死人：

温吐克！

水啊……水啊……

大将军干涸的喉咙千呼万唤着无声，他缓缓伸出了右掌，罡气劲道陡然加强——

这时候他已无须去担心铁手内力的反扑，因他已完全牵引住对方的攻势。

——占尽了上风，大抵就是这个意思。

他一口咬住了温吐克的咽喉，一股又腥又咸的热血，已冲入他的喉管里：

——血啊……血啊……

好欢快的血，流入了他的胃壁，大将军怪眼一翻，终于睁开了眼：

他却不知道自己那双突露的大眼，已充满了千丝万缕、错综复杂、盘根错枝、纠结缠绕的血丝！

追命一见大将军的样子，心中不禁生了畏怖，只见铁手从双手颤哆已转而成双脚也在抖哆，知道情况不妙，再不出手，只怕铁手要毁在当前了，一脚向大将军的脸门及后脑蹴去。

这话确有点吊诡。

人的面孔向前，那么，背面便是后脑勺子，追命只出一脚，没理由同时踢向大将军的颜面和后脑的。

但追命就是能办到。

他的确只蹴出一腿。

——他的脚已负创不轻，不到生死关头，尽可能不双足齐出，因为一旦失足，只怕就自保不及了。

他是用足趾前底攻击大将军脸门，而再用足踝反自勾蹴他的后脑。

一正一反，一脚两踢，一气呵成，一击二杀。

他出击的时候，还大喝了一声："看腿!"

——看腿？

腿有什么可看的？

没有。

至少男人的腿没啥看头。

追命这样大喊一声，也许，只不过是一个侠道中人，对于自己以众击寡的一点补偿、一点惭愧，和一点责任、一点内疚而已！

这也许便是白道与黑道中人的分别。

这时候，吸了大量鲜血的大将军，功力陡地增强。

他右手陡然出击，手挥之处，追命忽如陷入"阵"中，金戈铁马，杀伐震天，但他的脚，却失去了目标，浑无着力之处！

大将军竟一手划出一个阵势来，且使饱经江湖的追命，陷于阵中，不能自拔。

铁手这时，已知等无可等，忍不能忍，右手随着一声猛喝，右拳平平击出！

大将军一笑，露出满口沾血的利齿，他就用左掌一沉，横肘抵住了铁手的"黑虎偷心"！

也就是说，大将军已功力陡增，到了用一只手，以"屏风大法"第二扇门的"承"功，抵御住了铁手的"一以贯之"及"大气磅礴"两大内功。

非但能抵挡，还紧紧吸住了铁手双手，吸力更胜于前，仍占了上风；更令追命飘摇莫定，如怒海浮棹，没了个着落。

同一时间，温吐克血尽。

温辣子的尸首已给"吸"了过来。

大将军血目通赤，兽芒大作，一张口，咬向正在半空给平平

"吸"过来的温辣子的咽喉。

——血啊……血啊……血！

不过，这时候，遽变骤然生！

电光石火，刹那之间，两道红影，急闪而过：

波波二声，大将军两颗眼珠子，陡地一合，也几乎在同一霎
间爆出了两柱血球。

血花激溅。

大将军掩目。

惨嚎。

唬声惊天。

震地。

惨烈已极。

第伍回

红辣椒

大家都知道"四大名捕"中，以"冷血的剑、追命的腿、铁手的手、无情的暗器"称颂江湖。

这时，追命靠铁手与大将军二人最近。

他正向大将军进击，但凌落石祭起"承"功，令追命顿失所寄。

其实，这电掣星飞刹间，还有一人，跟追命靠得也极近。

这是人。

也不是人。

因为这是个没有了生命的人。

没有生命的人就是死人。

这死人就是温辣子。

大将军吸了温吐克的血，神功陡发，已转而制住了场面，现在，他又把温辣子"吸"了过来，要更进一步加强功力，一气打杀这儿所有的仇敌。

就在温辣子平空而起，被"吸"向大将军之际，狂风大作，砂尘扑面，追命就在这闪电惊雷的一瞬间，乍见了一件事：

温辣子忽然翻开了细目。

厚重的眼皮内双瞳竟精光暴射！

然后有两件事物，急打大将军的脸！

这两件事物，不是追命亲眼见着了，只怕杀了他头也不会置信！

那是温辣子的两撇胡子！

——那两撇胡子，竟然是一种暗器！

胡子破空而出，飞渡几寸，已转色，不到半尺，已透红，到了大将军面前，已成了两根红辣椒一般的事物！

如果这两根"辣椒"，是从温辣子手中打出，以大将军的应变奇速，或许还有一闪一挡一招架的机会。

但现在已完全没有机会。

因为那是从温辣子面上急弹而出的。

而大将军正要俯面下来咬噬温辣子咽喉的血管！

这一下，变起遽然，打个正着！

大将军捂面疾退，狂嘶怒吼！

然后，两只眼球乍迸起两道血柱！

这一下，大家都知道大将军是吃了亏了！

他的护身罡气，就在这负伤的刹那间，破了一个大洞。

铁手掌力一吐，右掌左掌，一齐攻出！

大将军眼球刺痛，无法视物，在此百忙间，"承"势不变，却转掌为袖，一下子，用两只袖子，硬生生把铁手攻出的两拳裹住。

只见大将军双袖，立即如急鼓猛胀的风帆，硬化去承起铁手两记猛拳之力。

不过，大将军顾得了铁手的手，却兼顾不了追命的腿。

罡气一破，护体劲道给硬硬撕裂，追命本来踢出的两脚，正好一前一后，几乎在同一刹那，踢中了大将军的面门和后脑！

大家都知道"四大名捕"中，以"冷血的剑、追命的腿、铁手的手、无情的暗器"称颂江湖，当时，冷血初起，在武林中名头也许还不算太过响亮，但追命的脚，却是人人闻风色变，贼寇遇之胆丧的。

这两脚踢得恰到好处。

恰是时候。

大将军脸上先中了一记。

——要是这下踢个正着，就连功力深厚如凌落石者，面上只怕也得给踢个稀花烂。

但大将军在骤受暗袭，痛得锥心刺骨之际，依然能及时用手在面门一格。

凌落石本来不是正用双袖裹住铁手的两记猛拳么？却是如何以掌心硬接下追命这两记急蹴的？

原来在这生死关头，听声辨影，凌落石的手自袇肩处抽了出来，硬在面门一拦，追命这一脚，是踢实了他的手；凌落石的手，却似一把磨匀了的铁器一般，硬接了一脚。

只不过，凌落石的手，在极其贴近鼻端之际，才抵住这一脚，这一脚的余力和蹴劲，仍透过掌背，蹬在其面上，使得大将军吃痛晕眩，往后一仰，这刹那间，追命的脚变招如魅鞭，脚踝忽然一勾，又"啪"地击中大将军往后翻仰时的后脑。

这一下子，大将军前后都形同吃了追命一腿。

一共两脚。

硬要算：面门那一脚，总算让凌落石及时以掌心一格，卸了半力，但后头那一记，可谓吃了个硬的！

只是，这自后回蹴的一腿，对追命而言，也算是强弩末劲，因为他第一脚踢在大将军如同兵刃的掌上，也形同跟"将军令"掌功对碰了一下，一时痛入心肺，趾都麻了，虽然他还能及时变招追击，再着一招，但在蹴力、腿劲上，已大大打了折扣。

追命知道负伤猛虎，不杀后患无穷，正待追击，不料凌落石吃痛负伤，却临危不乱，忽一撑脚，当胸一脚，把追命踢翻了两个跟斗。

追命一直自恃腿法，太过急攻躁进，却不知临急遇危时大将军的"大脚飞踢",恐怕不在他腿法的精妙诡奇之下,一脚蹬中了他——若不是大将军已气急败坏,一再负伤,这一脚恐怕追命也不一定能撑下来。

这一刻,惊怖大将军哀号着掩面往后疾退,从来只有他杀人、害人、残虐人,让人惊而怖之,今儿,却是首次一再遭受重创,几乎走投无路,且目不能视物,心中更是既惊,且怖,更畏!

他往后疾退,先求立住阵脚再说。

但他这么一退,形同退向于一鞭。

于一鞭已拖回四人,正收鞭回势,这时候,只要再从后一鞭,鞭长而及,只怕凌落石就要立毙当场。

可是,于一鞭似犹豫了一下,没有马上出手。

另一边,温辣子一击得手,本来身子平平卷入气网,现在利落地一个翻身,落地无声,只见他双手抓紧自己脖子,发力一扭,"喀嘞"的一声,又扭回了正面,然后,向铁手一笑,拍拍自己的头顶道:

"我这头爱怎么转就怎么转,正好可以试出'朝天门'有无诚意跟我们'老字号'合作。幸好老奶奶叫我提防这凌惊怖狼子野心——他果然禽兽不如!"

铁手瞠目结舌瞪着他曾完全给扭得倒转的头,喃喃地道:"你没事?"

温辣子摸摸自己的颈项,脸上也出现了一阵痛楚之色:"说全没事儿,那是假话。只不过,这厮中了我两枚'老字号'的'红辣椒',就算保住命于一时,一对招子也得报销了。我就用毒物来对付野兽!"

原来,那不只是暗器。

而是毒物。

——"老字号"温家的"毒物"。

正值此际，于一鞭放弃了攻袭，没有马上把握时机，夹击凌落石。

可是杨奸在。

他可不愿痛失良机。

他手上痍盂一翻，正要出手，忽而，他的右肩离颈稍偏之处，遭人力按，出手按住他的人正是：

"惊怖大将军"凌落石！

凌落石而今已一时不能视物。

可是他以双袖卸去铁手双拳，又以一手格住追命杀势，并以一脚踹飞了他，在他急退之际，又用剩下的那一只手，认准了方向，自襟袏处穿了出来，疾按住了杨奸。

这枭雄在吃败负痛之时，依然临危不乱，认位奇准。

杨奸隐隐感觉到凌惊怖先他出手而按住他肩膀的手，足以化解他一切可能的攻势，并且可以随时发力，取他性命。

他当然不想死。

所以更加不想妄动。

只听凌落石大口大口地喘着气，嘶声道："……这小兔崽子……我的眼睛……我受伤了……"

然后他问："你还不下令叫三十星霜、七十三路风烟、暴行族急攻？！苏花呢？他在哪？！我看不见啊——"

语音凄厉而落寞，急切而怒忿。

杨奸心忖：你都会有今日……

却听一人应声而出："苏花到，拜见大将军！"

第陆回

红太阳

难道幸则一定有不幸?

喜则一定有人悲?

圆则有缺? 明则有暗?

——可不可以同幸? 共喜? 普天同庆?

无缘大慈。

同体大悲。

　　大将军一听，脸上顿现罕见的狂喜之色："绿刑，你来了，你终于回来了！"

　　这刹那间，杨奸转念奇速：大将军现在负了伤。伤重。至少他是目暂不能视物。他现刻是孤军作战。于一鞭肯定已跟他扯破了面，不会帮。"大道如天，各行一边"的于一鞭已大量耗费了大将军的内力"将军令"。追命更是两度重创了大将军的眼，让他视力大受影响。最后，铁手以纯内家功力拼他的"屏风大法"，虽然明显不敌，但也促使凌落石在技穷力衰之余，非得要以水启动他的另两层未施展的"屏风"境地不可。但这儿没有水，找不到水，那是于一鞭的计划，不然，"神鞭将军"才不敢跟杀人不眨眼的大将军会面。没有水，只好迫使大将军饮血，威力更大。结果，因为这转折，给诈死伺机的温辣子攫住了千钧一发的良机，两只"红辣椒"钉上了凌落石本已受创的双目，炸得血流披面，而他，杨奸，他给自己取名也有一个"奸"字，他可百无禁忌，以"奸"人手段做"忠"义之士，他可不是"侠士"，他大可以不避忌用暗算、狙杀，甚至乘人之危，只要他出手的对象是个"奸"恶该杀之辈！

　　就在这千载难逢的一刻，杨奸本拟出手，但目不能视的大将军，一出手却正好截住了杨奸的活路：

　　也就是说，杨奸若是不能一招得手，一出手就能杀了凌落石，只要让大将军有一次反击的机会，死的就是杨奸。

　　杨奸在这一刹那间略有犹豫。

　　——良机不可失。

　　——死生系一线。

　　杨奸满额冒汗，正要作大死大活的决定之际，忽然间，乍闻苏花公到了。

苏花公。

字绿刑，又名青刑，正是大将军的幕僚里第一号人物，也是凌落石的智囊。

就连"老字号"温家这干人马，也是大将军特别调动苏花公专程走一趟，从岭南请回来的。

而今，苏绿刑赶回来了。

对大将军而言，是十分"及时"。

——但对杨奸而言呢？对群侠如铁手、追命来说呢？

人生便是如此。

伐了木让人取暖建屋，对人而言是好事，对树木而言是不幸。杀了牛羊让人可以果腹充饥，对人来说是乐事，对牛羊来说是残害。敌人来犯杀了敌，对杀敌的人来说便是值得庆幸的，对"敌"和"敌"之家小而言是可悲的事。

难道幸则一定有不幸？

喜则一定有人悲？

圆则有缺？明则有暗？

——可不可以同幸？共喜？普天同庆？

无缘大慈。

同体大悲。

话说回来，苏花公的"及时"赶到，对大将军最终而言，是幸，还是不幸？好事，还是坏事？

对杨奸，他现在唯一的选择，就是不出手。

因为不能出手。

大将军的"手"，就"扶"在他的肩上离喉咙不到半寸处。在不同的观点里，也许可以说，大将军已在有意无意间向他"出"了"手"。对大将军这个人，他一向都认为是"深不可测"。

而且，苏花公就在他身后出现。

——这"扶"在他身上的手，随时会捏住他的咽喉。

在他背后的那个人，使他感觉到一种"寒芒在背"的凌厉刺骨。

他在"朝天山庄"多时，虽知苏绿刑诡计多端，智计无双，但也还弄不清楚，苏花公的武功有多高？甚至有没有武功？

对这个人，他只有"莫测高深"四个字；同样，当日苏花公也戏称他"讳莫如深"。

他面对、背向这两个深沉可怕的高手，把他夹在中间，他只有把出手之心，硬硬收回，生生打住。

因为没有把握。

——在江湖上，没有把握的出手，是自求速死，自取其辱，机会的浪费，生命的蔑视！

大将军又怒又痛又急："你来得忒也太迟！"

苏花公道："我路上遇冷血，给耽搁了！"

大将军一听冷血，心头一震，来了两个名捕追命、铁手，已难以应付了，若再来一个冷血……负痛之下胆子也起怯意了："冷血？！……你杀了他没有？！"

苏花公道："他本来死定了……可是，我杀他的时候有顾忌，一失神间就让人救了他——他反过来攻袭我，我和他一路缠战到了这儿。"

"顾忌？！"大将军怒急怒道，"绿刑你纵横天下，行遍江湖，居然还是有顾忌？！"

苏花公道："那是小姐和公子也是您的儿子……我不能不顾忌。"

大将军惨然道："小刀？……小骨？……？"

苏绿刑这时已搀扶住大将军，苦笑道："是。别的人还就罢了，但他们是小骨、小刀。"

大将军忽而急切地问道："水呢？水啊……水！"

苏花公道："大将军，我赶回来，虽然迟了，但知大将军早独赴落山矶，我觉得不妙，所以把该准备的都备好了，三十星霜，七十三路风烟，暴行族，全都往落山矶靠拢，我把'大连盟'的四大妖'奸、商、通、明'另三妖全急召回'天朝门'候命了。只要在这节骨眼上缓得一缓，法子就要来了！"

大将军喘息道："很好。"

苏花公上前搀扶着他："大将军，你挺得下来么？！"

大将军低声问："现在战情如何了？"他毕竟江湖上大风大浪，狙杀暗算，无不历遍，他也下手害人，无不用其极，是以，他眼虽不能视物，一面与苏花公说话，一面仍留意敌情。

苏花公道："铁手正与追命说话，于一鞭偷偷找牙将于勇花送走两个小家伙！"

大将军一面运气调息，一面掏出四粒三角形的小丸子，一颗吞服，一颗置于舌底，另两粒则自左右鼻孔一气吸了进去，片刻才能艰辛言语：

"……红太阳……"

"——红太阳？"苏花公不明白，"……什么红太阳？"

大将军喘息得像牯牛刚吞下一只蟾蜍："我的眼……我看不见别的……只看见两个……两个红太阳……两颗大红太阳……大红太阳高高挂……！"

苏花公端详看大将军仍在淌血的脸，好一会儿才道："你着的是'老字号'温家的'红辣椒'……"

大将军闷哼道："我知道。"

苏花公道："那其实不是暗器，而是一种毒物。"

大将军哼声道："若是暗器，而非唐门，岂射得着我？"

苏花公欲言又止，看着大将军一头乱生的紫发，瞠目无语。

大将军立即觉察了："怎么了？"

苏花公道："没事。治大将军毒伤要紧，我有'波灏川·本'两条，或许有助。"

大将军急道："'波灏儿本'……？！我知道，这原是西域罕有的东西……它又名'波灏耳根'，它在哪里？！你怎么会有……？"

苏花公道："我不知道会发生这种情形……它仍养在'天朝门'内我的'三点堂'里。"

大将军双手掩脸，痛苦地道："唉，没料我一时大意，存心仁厚，还是着了道儿——其实我一开始，若不是先给那于狗鞭子消耗了'将军令'的锐气，追命早就不活了——"

苏花公担心地劝道："将军莫要用手掩脸，'红辣椒'的毒会迅速蔓延传染的……"

大将军痛楚得全身颤哆不已："我其实最主要是伤在追命的暗

算下……"

苏花公听到也有点意外："追命？卑下赶来的时候，大将军已斗到铁手，'红辣椒'已飞袭大将军您……"

大将军兀自忿忿不平："我的一双招子，先给追命含酒喷我所伤的。之后，我又掉以轻心，不意杀千刀的这酒鬼狼子野心，嘴里居然还有酒，再伤一次，所以无法清楚辨认战势，之后又跟铁手恶斗，这才着了道儿的！"

苏花公这才明白："先伤在两记酒箭下，再为'红辣椒'之毒所侵，难怪……"

他本来是想说：双目会伤得如此严重了。但怕大将军盛怒极痛之下，不知会做出什么事来，所以便没直言。

第柒回

吹弹

得破

——有些人，帮人活得更好，他就愈快乐，是求存的一种方式。

可是他只那么一下微微吞吐，大将军已感觉出来了，他恨恨地道：

"不！不！！不是这个！最毒的是……连我都没料到——最毒的是铁手！"

苏花公倒意料不到，两道灰眉一振，道："铁手？！……他一向是光明磊落、出名好汉的家伙——他也对大将军您施暗袭？！"

语言里很有点不可思议。

大将军狞恶地一把抓住了苏花公的肩膀："你不相信？！"

苏花公还未来得及说话，大将军已道："他和我对掌的时候，各留主力不发，互相试探、琢磨。不料于此之际，他的掌力竟有剧毒，已偷偷逼入我体内，我发现时已迟，你看……"

他凄厉地指着自己一头怪发，两眼仍淌着鲜血："他的毒力可怖凌厉，接近温家'老字号'的邪门毒力，但又更加诡怪，我将之逼出体外，就生这一头怪样儿……"

苏花公再次端详大将军那一头妖紫色的怪发，一时语塞，好半晌才喃喃道："这种毒，好像不是……"

大将军突然兀地睁开了眼睛。

他两只眼睛狰狞狞地滚出了血珠。

肿得像两口杯子。

老大。

——他并没有完全瞎掉。

但他先着追命两记"酒箭"，再中两条"红辣椒"，虽不瞎但已受严重伤害，能看见的只怕不及平时、常人的五六分之一，若他不是凌落石，三次受创，均能及时凝气护体，神功护眼，早就变成一个盲人瞽叟了。

他一双眼珠，恐怖难看，让人怵目惊心，而且浮肿无比，简直吹弹间便得爆破。

"你在看我?！"

他低吼道。

"是。将军。以卑下所见，将军给铁手逼入体内的毒，应该不只是'老字号'温家的手法。"

大将军本正盛怒，但苏花公这几句话，他居然仍听得入："你是说……?"

苏花公仍在辨毒析源："这应该是'蜀中唐门'的暗器或兵器上所淬的毒！能用得上这种毒的，已是唐门里一级高手，地位想不在温辣子之下！这……这很像是'破伤风'之毒，或是'冰毒'……如果是蘸在刀口上或剑尖上，一旦伤人见血，无有不中毒入骨，求死难得……"

苏花公虽然博闻识广，但说来却有些结结巴巴，但他讲述要害要务的时候，却用语确切，完全不对大将军结巴。

大将军脸色也在发紫，眼创仍令他痛得发抖不已："这姓铁的家伙……内力怎会混合这种毒?！"

苏花公也不理解："我也不明白……从未听说过铁游夏也会用毒！"

大将军气虎虎地道："江湖传言，本不可信——我是先着了这'破伤风'之毒，再催真气，一时衔接不上，又没水可借力运劲，只好饮血求补充元气……这一来又着了辣家伙的道儿！"

苏花公看着大将军那一对几乎不吹弹也欲破的眼球，也惊心动魄地道："'红辣椒'的毒听说是温家和唐门合并研究出来，既是暗器也是毒物的绝活儿，可以变成五官、饰物、穿着之类的事物，发动之前，无人可以识破，所以更具威力！"

大将军含恨饮怨地道："我全身护着屏风真气，回旋激荡。如果只是暗器，总会有破空之声；再厉害的暗器，也有破气的法门。我一定会警觉。但那是毒掺和着活物，又潜黏在温辣子脸上，近处猝袭，我才——！"

说到这里，实在太痛，惨号半声，说不下去。

苏花公和杨奸，一直以来只见大将军残虐害人，折磨杀戮，受他逼害的人哀求、哭号依然不得宽恕、轻饶。几时见过嚣狂一世、无人敢惹的惊怖大将军，今夜居然落得个血流披面、惶然哀号不已的情境？！气急败坏几乎走投无路的场面？

然后大将军兀地问了一句："你们为什么一直看着我？我很恐怖，是吗？我伤得很厉害，是吧？"

苏花公答："是。"

杨奸忽道："温辣子又来了。"

大将军仍十分警觉地道："现在是谁退回来了？"

杨奸道："是'七十三路风烟'的一风三烟，把于家两小和于牙将逼回战阵里来了。"

大将军冷哼道："凭轩辕、海豹、铁铁、元元一风三烟四人，还得费这么多时间。看来，战局并不乐观。"

杨奸道："我们的人的确是包围了这儿，但他们的人更重重包围了我们的人。"

大将军显得临危不乱，依然调派有度："'奸、商、通、明'呢？你早到了，其他三人呢？"

杨奸片瞬间也没犹豫，道："他们反包抄，故在最外围。"

大将军脸上抽搐了一下："他们老在外边干啥？方便逃跑

么?！你是怎么个领导他们的?！"

杨奸忙道:"属下处事无能,罪该万死。"

大将军叱道:"设法杀开一条路,领他们进入核心!"

杨奸道:"是。"

即行退去。

退走之际,杨奸这才发现自己汗湿重衣,一颗心原来已经停止跳动好一段时间了,自己犹未觉察。

他仗妖魅一般的身法,穿出了包围,才有机会拧首去看一看自己的颈肩:

两个朱砂般的指印,像一朵烈艳红唇,印在他锁骨上,就在那欲焰红唇的肤下,至少有三处死穴一个大血脉,埋在那儿,大可以在弹指间让他灰飞烟灭。杨奸只觉一阵寒意,从内心里一波波地传了开来,直至激灵灵地打了一个冷颤。他省觉自己得向追命交代些要害。

杨奸去后,大将军忽然对苏花公问:"你怎么还是在看着我?"

苏花公道:"我在观察将军的目伤。"

大将军冷哼道:"我一时还死不了。"

"我可不可以碰碰你的伤口?"苏花公用手轻抚大将军目角伤处,然后凝重地道,"将军还是先设法杀出重围,先求全再求攻的好。"

"我还可以。"大将军冷峻道,并任由苏花公用手指轻触他已经变成两个大水泡的眼睛,"我要水……只要有水……就会好上一些。"

苏花公依然坚持:"可是这眼伤非同小可,今晚这儿人手也不够。"

大将军冷冷地道："就算人手不足，但现在燕赵已经来了，'暴行族'也杀入围内了，不然，你以为我会遣杨奸离去，让自己与你孤立于敌人包围中？"

然后，他蓦地绞住苏花公的手指，另一手扣住了苏青刑的咽喉，一字一句地道：

"你明知温辣子是来刺杀我的，你还请他们来？！"

苏花公马上透不过气来。

但他没有挣扎。

他不动。

他的样子，似在等死多于在求生。

好一会儿，大将军觉得对方确切是完全没有反抗，没有挣扎，这才稍稍松了手指头：

"你刚才用手指触摸我挨了'红辣椒'之毒患处，手指头上还蘸了'若叶花吹血'，略可纾解'红辣椒'之毒力……但你这样以指敷药，也得冒上中毒之危，是不？"

苏花公淡淡地道："为将军疗毒，理所当然，我没想过自己。"

大将军感觉眼上的刺痛已迅速平复了许多，他的手指也一一松却，改而用宽大的手掌好像很亲昵地拍了拍苏花公的面颊。

苏青刑也没闪躲。

"你还没回答我的问题。"

"温辣子是将军你下令要我叫他们过来相助的。"

"以你精明，一路上也没发现蹊跷？"

"大将军当日主张要引入'老字号'之时，我曾提起过'老字号'近年跟'蜀中唐门'有联结的异动，唐老奶奶跟温家四个字号的顶峰人物都秘密有联系……那时我就不主张引入温那帮人，就是因为有怀疑，甚至连唐仇、唐小鸟等都信不过。"

"你明知道不妥，为何还是要让温辣子、温吐克接近我？"

"将军圣明，"苏花公道，"我一早已飞鸽传书，走报温家几个人：温辣子、温吐克、温吐马、温情、温小便……全都是各有机心的，宜怀柔留用，并在路上故意让他们分散入城，不让他们联在一道，但不知为何……将军好像完全没收到过这个消息？"

大将军闻言，用手往脸上大力一抹，顿时满手血腥，他也满面血污，仰首向天，喃喃地道：

"奇怪，我的确是没收到你的通报。"

然后他转过身来，问了一句："刚才我在说，'若是暗器，若非唐门，岂伤得了我'，为啥你欲言又止？你不同意？你不服气？"

苏花心中，暗自发出一声浩叹。

那时候，大将军双目受到重创，奇痛攻心，眼又不能见物，居然还对这么小心细微关节：些许的异常反应，都观察、牢记得这般清楚，还不忘记这时候提出追问，对这种不世人物，他也无话可说了。

"是。"苏青刑道，"还是会有一些例外。"

"譬如？"

"例如……"苏花公道，"名捕无情。"

"那个小家伙？"大将军咳吐一声，吐出一口掺着血水的浓痰，要不是杨奸刚好走了，恐怕还会借他痰盂一用哩，"只不过是个残废罢了！"

他桀桀的不知是怪笑还是呼痛："他连站都站不起来，又能奈我何！我堂堂大将军，怎会怕一个叫无情的残废！"

第捌回 三十星霜

——让人骇怕惊惧，也是一种成名的方式。

为什么大将军负伤之后，还可以和杨奸、苏花如此从容地对话？

虽然这些对话其实并不从容。

而且还是杀机重重。

其中凶险，只有杨奸心知，苏花公肚明。

——整个局面，却只有一个身受重创、双目几盲的惊怖大将军可以纵控。

至于他们三人，至少可以"畅所欲言"的原因，那是因为：

燕赵来了。

——以及他的"死士"。

死士有男的也有女的：

他们围绕了一个大圈，以燕赵为主导，手之，舞之，足之，蹈之，歌之，咏之，诵之，唱之，还生着冲天大火，十分陶醉，也相当疯狂。

他们这么一围，谁要越过火线，都非得跟数十名"死士"交手不可。

就算能通得过这六十二名狂歌曼舞的"死士"，也决计通不过燕赵的"神手大劈棺"。

何况，还有两个不惊人的人在掠阵。

貌不惊人。

但绝对掠得了阵。

一个长得高大，一个却十分矮小，两个人同样地长得圆滚滚。

这两个人，一个是"行尸尊者"麦丹拿，一个是"走肉头陀"钟森明。

谁过来谁就得吃他们的暗器。

还有他们的古怪功夫："行尸拳法"，每杀一人，功力就增一分；"走肉掌法"，专把对方武功偷龙转凤，化为己用。

跟他们交手，输了成了牺牲品，万一赢了，打狗还看主人面，唐仇是他们主人，现在是不是来了也无人得悉。

落山矶那儿，也不止于一鞭的部下在对付惊怖大将军的人。

主力的，还有"青花会"和"凤盟"的高手，另外，在外部署包围的，更有"天机"和苏秋坊的一众志士。

大家正好实力相峙，相互抗衡，旗鼓相当，棋逢敌手。

这之间，惊怖大将军是负了相当重的伤，主要是目不能视物，对敌自然大大打了折扣。

追命伤了足。

于一鞭中了掌。

温辣子看来一击得手，但他的头好像卡得不太稳当，使得他老是用两只手去扶住他摇晃晃的大头勺子。

铁手受了内伤。

不过，三人中，幸运得最离奇，却是一向浑厚、纯朴、不使花巧机诈的铁游夏！

在与大将军比拼内力之后，就连追命也认为：铁手大落下风，情形十分不妙。

所以当大将军受创疾退，两人陡分了开来之际，追命马上要掠过去替铁手护法。

"你伤重了！"

铁手一开始，是回不过气来，但半晌后，已能答："不重……"

"但你的指甲……"追命仍是担心。

"我之前着了唐仇的'冰'毒。又挨了她的'刀毒'。几种毒力和暗器合并，潜伏我体内，并未能一一逼迫出来，自己一路拼斗，也并未留意。"铁手很快就缓得一口气来，怕追命为他挂虑，就道出其中原委，"大将军用'屏风大法'的'起'式，跟我'一以贯之'斗得正酣，他因前已恶斗二场，一时取我不下，便转用'承'。'承'是'受'之意，以内力布成'阵'，'阵'即是先让人入阵才能发动、发功。问题是：我的内力本有干扰，潜有毒质，就给他一吸一引，转入他体内，他'承受'了。但他也够厉害，把力全转入额顶，生了一大蓬乱发。我的功力虽给他吸取不少，但我内力源于大地，自是源源不绝，而原本内劲上潜存的毒力，却给吸取尽除，余毒渐卸，长成为恶甲，其实也是完全挣脱毒力的征兆和过程而已，就好比蛇要蜕皮才能重新蜕变，受伤患处结了痂子不久就能长出新肉一样。我反而没什么事。"

铁手算是"因祸得福"。

大将军吸取承受了他身罹的毒力，相当不划算。

追命听了，这才算放了心。

马蹄狂嘶，车声辘辘，十五辆驷马篷车，飞驰上了土岗，马车四角，风灯照明，一齐停下，把众人围在中心。

赶车各有二人。

一正一副。

总共三十人。

——三十星霜，天下无双，出手惊心，非死即伤。

他们这一伙人，每一动手，都有崭新的设计，新颖的杀法，总之，令人动魄惊心，而且杀伤力奇大，使死的人死得震撼凄厉，而未死的人也一辈子难忘。

他们这一个杀手集团正好借此打响名号，让人牢牢记住，就会永生不忘。

让人骇怕惊惧，也是一种成名的方式。

可是他们这一次冒上来、冲上来，却是为了什么？又要用什么法子惊世骇俗、扬名立万？

追命已无暇细思。

因为杨奸在离开山岗掠身而过的时候，已传达给他一句很重要的话。

一句很重要的话。

"如果三十星霜一到，马上就要对大将军围攻格杀，不然恐怕制他不住。"

这句话，追命已通知了于一鞭和铁手。

于一鞭一见于投和于玲，本交给裨将招九积和牙将于勇花要带离土岗，但居然给七十三路风烟围杀了回来，这时，他跟大将军已扯破了脸，正面对敌，自知以个人之力，绝收拾不了凌落石，若自己一个不敌，只怕儿子、女儿都活不了，以大将军的狠性，也绝不会放过他的后人，他的部属军队，也一定会受株连杀害，所以，他今天也不管一切，已豁了出去，不管单挑群殴，都非把凌落石置之死地不可！

是以他们三人再不迟疑，不约而同，分三个方向，向大将军逼近。

不。

不止三人，另一非常和气的人，向大将军背后，沿着华丽马车的阴影，用一种非常慢条斯理的，以一种非常和气的步伐悄悄地欺近。

这个当然就是"天机"四大天王里的哈三天：哈佛。

哈佛正打算以一种非常以和为贵的方式，十分和气地杀了惊怖大将军：

凌落石！

这时候，凌落石的视力几乎一片模糊。

他所中的毒和伤，都未逼出，也未复元。

他的徒众虽多，但真正强大能战的，就一个燕赵，另外，就是在他身边智囊兼战友，但是武林中始终不知其战力的苏花公。

但大将军却不退却。

他叫苏花公扶着他。

扶着他行前。

迎着敌人。

这时，十五驾篷车，车帘紧闭低垂，齐齐团团围在土岗上，中间，空出一大片地方。

大将军就站在那儿。

于一鞭、追命、铁手、哈佛，分四方面包抄过去。

就连燕赵和他的死士们，以及马尔、寇梁、于玲、于投、钟森明、麦丹拿、招九积、于勇花……这几十人，也全聚合在这旷地上。

月，在天。

星，稀。

马在低鸣。

人呢？

在拼死活。

在求胜。

求存。

第玖回 惨绿少年

——侠是一种感觉，侠是一定的操守，
侠是一场不朽的梦

有些人，帮人活得更好，他就愈快乐，是求存的一种方式。

有的人，杀人来让自己活得更好，也是求存的另一种方式。

大将军呢？

他昂然立于旷地中央。

然后他站直，一手推开苏花公：

"来吧！"

这次，他不说"请"。

因为已不需要客气。

此际是性命相搏——不是你死，就是我亡：所以只有你死，我活。

他一说完，立刻有人向他出手。

哈佛。

他猛吸一口气，哈一声，打出一拳，哈三声，打出三拳。

哈哈哈。

一拳比一拳和气。

杀伤力，却一拳比一拳劲！

但他的拳主要不在杀敌。

他有自知之明，他的拳法，要杀大将军，还力有未逮。

他志不在此。

旨在掩护。

掩护两个人。

艳芳大师自另一辆马车旁蹿出！

他手上的袈裟，直罩大将军。

另一人则自马车底滚了出来。

他手上有琴。

他用琴横扫大将军下盘，仿佛他手上所持的，不是"风雨铃霖"古琴，而是一柄大斧钺！

破空划出杀伐的琴韵！

大将军笑了。

狂笑。

他突然冲向一辆马车。

一掌，车篷垮了，坍倒下来。

铁手、追命一直没有动手。

他们在提防。

提防车里的埋伏：

是强弩？

是伏兵？

还是杀手？

暗器？

都不是。

车里都是：

水缸。

—— 一口一口的大水缸。

瓷水缸！

水缸用来做什么！

当然是盛水。

可是，水缸在这时候出现，实在是太过诡怪、突兀、不协调了！

大将军忽然冲了过去，一伸手，"将军令"，便拍破了一口大水缸。

瓷片四分五裂，水迸溅而出。

水汹涌而出，大将军衣衫溅湿。

大将军宛如全身浸透在水里，一副狂欢的样子。

然后他打破第二缸、第三缸、第四缸……每车只有四缸。

这时，大将军像个顽童一样，他东蹿西跃，手拍脚踹，乒哩乓啷，又上了另一辆马车，砸下车篷，又有四口水缸，他照样又一一打破。

当他击破第二辆马车的第三口瓷缸之时，不管哈佛、袁天王、艳芳大师的攻势，再加追命、铁手、于一鞭的攻击，都已全然不管用了。至少对他，已没有用了。

水对他而言，像鲨鱼重回到了海洋。

他不止如鱼得水。

更不止如虎添翼。

他是一下子成了仙入了道却变成了魔头了。

他欢快地狂啸、尽情地怪嘶！

他全身浸着迸溅出来的水，然而，迅即又全身蒸腾着烟霞薄雾。

他踢破水缸，跃到第五辆马车的时候，追命、铁手、于一鞭、袁天王、艳芳大师、哈三天，只有完全挨打的份儿。

他每拍碎一口缸，当水花迸喷之时，咣啷声中他就运气一送，将水即时凝成冰，像一片锐利无比的玻璃晶片，全向敌人拍飞了过去。

千片万片。

万晶千莹！

锋锐无比！

利不可挡！

追命、铁手等人，武功再好，也接不下这千千万万水凝结而成的暗器，伤杀力又奇巨，不消片刻，六人皆给利锋割切得伤痕累累，体无完肤，血涌如泉。

血令大将军更是欢狂。

他已蹿到第八辆马车，又拍开第一口水缸，这时候，他忽把锋头一转，所有的水凝成利片，都攻向离得较远的马尔、寇梁，还有于投、于玲、招九积、于勇花等人。

于投、于玲年龄还小，武功最弱，立重伤倒地，哀呼连连。

招九积和于勇花二人拼了性命维护二小，但也伤了多处，情况危殆。

马尔、寇梁的情势也好不了多少。

于一鞭看得眦眦欲裂，怒叱道："凌落石，你用'走井法子'对付小孩子，你有种就——！"

话未说完，一道玻璃水晶片已打横割入他唇里，对穿过他双颊。

追命轻功好，避得较多，但也伤了七八处，血流如注，已力尽筋疲。

他向铁手怂道："不好！看来大将军虽找不到井水，却把水一缸缸地运来，激发他的功力了！"

且见铁手的情形，也好不了哪里去。

铁手内力深厚，运劲于全身，勉强硬崩掉了百来片水晶刀片，但久而久之，只要功力稍弛，就给一两片割入肌里，疼痛一生，聚力稍散，于是，愈来愈不能抵挡，伤口也愈来愈多了。

他一面强忍痛楚，一面嘶声喊道："大家要聚在一起……比较好抵挡——"

话说如此，可是谈何容易。

大将军已经到第十辆马车内，车里有的是水缸，水缸一破，千万道玻璃水晶刀片，马上以"屏风四扇门"的"转"字诀，活化了"走井法子"，变成了用之不尽的可怕兵器、利器、暗器，眼看群雄要给"水刀"，切割成片、伏尸当堂不可了。大将军杀得性起，除了苏花公略有回避之外，连燕赵手下的死士及大连盟暴行族的人，也一并杀伤了多人。

凌落石还特别专攻于投、于玲二小，这一来，就分尽了于一鞭的心神，要保护他的孩子，更着了更多"水刀"，追命、铁手欲前去助他，轻功因而稍滞，气功亦因此微弛，又遭"水刀"破体重创几下，连追命、铁手也几乎支撑不住了。

——"走井法子"，只遇上"水"已有如此威力，若遇上井，那还得了？！

众人极为恐惧，逃生无路，求救无门之时，大将军更得势不饶人，跳上第十一辆马车，明黄灯火晃漾，照个通明，大将军一脚踢开车里第一口大水缸，又咣啷一声，狰狞狂笑道：

"今晚叫你们知道老子的厉害！"

波的一声。

缸碎。

水溅。

然后，他以绝世功力，水化冰，冰化刀，刀杀敌！

痛快。

他原想如是。

但不是。

事实不然。

缸碎。

裂开。

缸是空的。

有人。

一个少年人，这刹那给大将军的感觉，竟然是恬和惊。

恬。

惊。

这本来是两种完全合不拢、凑不全、搭不在一起的感觉。

可是大将军乍看到他，第一个迎面击出来的感觉就是：

恬　和　惊

那是一个少年人，寂寞如常地坐在那儿，好像就在山河岁月里，悠悠游游，长袍古袖，风静温恬，只等人来敲碎这一缸，只等人来敲醒这一刻。

尽管外面斗个虎啸龙吟，山动岳摇，他还是车里缸里，万古云霄一羽毛，匕鬯不惊，黑白分明。

大将军碎缸。

见到了这个少年。

少年对大将军一笑，一伸手，说："我也有，还给你。"只见千百道水晶片，齐打了过去，一齐打到大将军脸上、胸上、身上，插刺得凌落石像只水晶刺猬一样。

不可一世全面制胜的大将军马上仰天飞跌了出去，惨号："你——到——底——是——谁？！"

大将军痛急攻心，惊得三魂失二，七魄剩一，连跌边问了那么一句。

少年那一扬手间的暗器，看似简单，也很平淡，但却似四散而包抄过去的音符，而且每一发都能准确地命中。

"奇怪，你刚才不是一直在骂我吗？"少年在看自己刚发过暗器那修长白皙秀气的手指，寂寞地道："我就是你说的那个废物啊。"

人，原字本只有一撇一捺，但月下灯里，这惨绿少年淡淡的寂意，却似有千悲万喜，像是少女心中一个千呼万唤的无声。

稿于二○○四年九月份／辍笔达一十四年后循众要求再续前文／"闭关"十二年后重写作品／"破关而出"后，机缘巧合，首上"温派网站"，三月份在"神侯府·小楼"网站得一众"情迷"才女们之鼓舞支持，旋四月又在"六分半堂"网站得一干忠心"温迷"弟妹们之勉励拥护，将温派发扬光大，把侠道广为提倡，将温书精研细析，并成功击垮别有居心散播流言之"伪温迷"派系，且更与网友、侠友、书迷、温迷多次见面、深交、相往还，温派侠道继续扩张，传为佳话。

校于二○○四年十月份／"破关"后首受"今古传奇"之邀，赴武汉大学演讲，拜访"今古传奇·武侠版"舒少华、冯知明、郑保纯诸子，拍摄"完全温瑞安

VCD"，珈珞山麓"温迷见面会"及"温派网上会友"，接受多家电视台及各报章采访，数聚于"吉庆街"，与六分半堂及小楼众弟妹欢聚，获得极大成功和回响。结下日后"今古传奇·武侠版"约稿连载"少年四大名捕"之"少年铁手"后数集及"少年无情"新作之缘分。本文全世界首发于"小楼网站"，独家抢先连载于"今古传奇·武侠版"。

再校于二〇〇五年三月／回港装饰香江一点堂／因家事而受创／百般无奈婉拒上海盛大新华网络公司之盛意邀约，无法出席上海、杭州、江苏之"布衣神相"漫画新书发布会、签名会以及不克出席南京师大的演讲会。

《少年铁手》完

请续看《少年无情》

图书在版编目（CIP）数据

四大名捕斗将军. 少年铁手. 2 / 温瑞安著. -- 北京：作家出版社，2024.1

ISBN 978 - 7 - 5212 - 2444 - 3

Ⅰ. ①四… Ⅱ. ①温… Ⅲ. ①侠义小说 – 中国 – 当代 Ⅳ. ①I247.5

中国国家版本馆 CIP 数据核字（2023）第 153742 号

四大名捕斗将军：少年铁手2

作　　者：温瑞安
责任编辑：秦　悦
特约编辑：温文轰天炮编辑小组
装帧设计：合和工作室
出版发行：作家出版社有限公司
社　　址：北京农展馆南里 10 号　　邮　　编：100125
电话传真：86 - 10 - 65067186（发行中心及邮购部）
　　　　　86 - 10 - 65004079（总编室）
E – mail: zuojia@zuojia. net. cn
http: // www. zuojiachubanshe. com
印　　刷：河北宝昌佳彩印刷有限公司
成品尺寸：142 × 210
字　　数：190 千
印　　张：8.375
版　　次：2024 年 1 月第 1 版
印　　次：2024 年 1 月第 1 次印刷
ISBN 978 - 7 - 5212 - 2444 - 3
定　　价：49.80 元